AF396815

LE CONSISTOIRE.

LE CONSISTOIRE,

OU

L'ESPRIT DE L'EGLISE,

POËME HÉROÏ-COMIQUE,

EN SIX CHANTS.

. . . . Ridiculum acri
Fortius ac melius magnas plerumque secat res.
HORACE.

❀

A PARIS.

Chez {
LEMAIRE, Imprimeur, rue d'Enfer, N°. 141.
ROUXEL, maison Coigny, rue Nicaise, N°. 26.
Et chez les Marchands de nouveautés; aux deux
Conseils, au Jardin Égalité, etc.

L'an VII de la République.

ÉPITRE DÉDICATOIRE,

A MESSIEURS,

Messieurs les Administrateurs du culte de nos pères, dans tous les Consistoires de France, existans et possibles.

Messieurs les Administrateurs,

Permettez que ce poëme, écrit pour l'édification des fidelles, paraisse sous vos auspices. Si vos noms ne sont point un passe-port pour l'immortalité, ils contribueront du moins à donner du débit à l'ouvrage ; on l'achetera sur l'étiquette du sac.

Je connais votre modestie, messieurs ; vous allez m'objecter que je devais spécialement réserver cette dédicace pour le Consistoire illustre que j'ai chanté. Ah ! messieurs !...

... Laïus est mort ; laissons en paix sa cendre.

Les morts ne reviennent point, quoiqu'on en dise ; ou, s'ils reviennent, c'est pour nous tourmenter. Espérons que ceux - ci ne nous tourmenteront pas.

Puisqu'un vieux saint, qu'on ne fête plus, n'est bon à rien, adressons nos vœux à ceux qu'on fête encore. Vous, messieurs, qui, jusqu'à ce moment, n'avez pas quitté vos niches, souffrez que je me mette à l'ordre du jour, qui veut qu'on se raccroche aux *gens en place*. D'ailleurs, messieurs, en chantant les vertus et les travaux du Consistoire du Saint Diacre, ce sont vos travaux, ce sont vos vertus que j'ai chantés. Tous les Consistoires se ressemblent. Qui voit l'un, voit l'autre : ils nous viennent de la même main ; ils sont dirigés par le même esprit. Tous brûlent de.... Chut ! motus ! Il ne faut pas tout dire, pour ne point effaroucher votre modestie ; mais la comparaison n'en reste pas moins intacte. En effet, messieurs, que de *Trigauds* parmi vous ! que d'honorables membres aussi catholiques que *Monchien* ! que de moniques *Crux-Ave*, dans les pieuses compagnes de vos couches nup-tiales ! que de *Croutons* (1) parmi vos prêtres !

J'ai l'honneur d'être, avec la haute considé-ration que m'inspirent vos vertus,

Messieurs les Administrateurs,

Votre admirateur,

L'auteur du CONSISTOIRE.

---

(1) Personnages du Poëme.

PRÉFACE.

Un auteur à genoux, dans une humble Préface,
Au lecteur qu'il ennuie, a beau demander grâce,
Il ne l'obtiendra point. (ART POÉT.)

Boileau, par ces vers, a semblé interdire l'usage des préfaces. Il est certain que si un ouvrage est mauvais, le lecteur n'ira pas en chercher la justification dans la préface. S'il est bon, tout discours préliminaire devient superflu; considération qui, au premier coup-d'œil, paraît renforcer le sentiment du critique français. Ne passons pas condamnation si légèrement pourtant; et en cela, comme en bien d'autres choses, ne jurons point *par la parole du maître.*

Une préface est une sorte de conversation familière, dans laquelle l'auteur se met en évidence. Il n'embouche plus la trompette, il ne s'assied plus sur le trépied, il a déposé son cothurne; il parle comme un autre homme; il est lui-même, en admettant toutefois qu'il ait assez de bon sens pour ne point porter un masque quand il n'en faut plus; s'il ressemble à une coquette mal - adroite, qui minaude même dans les bras de son amant, adieu la vérité ; l'auteur, l'ouvrage et la préface méritent l'anathème.

La franchise admise, (quelques hommes en ont encore.) qui peut empêcher un vrai républicain d'être vivement touché des maux de sa patrie ? Si cet homme s'arme du fouet du ridicule, s'il frappe à coups redoublés sur les hypocrites, les brouillons, les agitateurs, les pervers, les mauvais citoyens, où sera le mal ? Et même si, laissant quelquefois un instrument trop léger, c'est avec le burin acéré de l'histoire qu'il retrace les crimes des rois et des prêtres, quel tort aura-t-il ? L'ouvrage sera de différens tons, il est vrai ; mais un tableau, quelques mauvais qu'en soient d'ailleurs le dessein et l'ordonnance, est-il pour cela d'une seule couleur ? A cet égard, la peinture l'emporterait sur sa sœur : un camaïeu poëtique serait une chose aussi étrange que désagréable.

L'inimitable auteur dont j'ai cité des vers, fit un poëme excellent sur le placement et le déplacement d'un pupitre ; c'est qu'il avait du génie ; et certes, il en prouva plus par cette production que par l'*Art Poëtique*, quelque bon que soit ce dernier ouvrage. Si Boileau eût vécu de nos jours, et qu'il eût été patriote, (chose qui peut être la matière d'un doute,

çar beaucoup de gens de lettres , d'un mérite
distingué , se sont faits un malin plaisir de ne
l'être pas.) il eût marqué au front, d'un cachet indélébile, les Administrateurs du Consistoire. Boileau n'est plus ! les muses éplorées le
redemanderaient en vain ! Faut-il que les muses
se taisent ? Na-t-on jamais vu le zèle donner
quelque talent ? Et *le vers que la nature refu-
sa , l'indignation ne peut-elle pas le donner?*
Oui, elle le peut : souvenons-nous que Juvénal
a révélé le secret des auteurs profondément
irrités :

Si natura negat , facit indignatio versum.

L'indignation seule ne soutient pas un
athlète en haleine durant six chants ; la chose
est évidente : mais si l'on daigne réfléchir qu'il
est des momens où l'habitude du travail , la
lecture des bons auteurs , et quelque facilité ,
sont d'un grand secours , peut-être le lecteur
indulgent et *Républicain* , (ici cette dernière
qualité est nécessaire.) lira-t-il sans efforts le
poëme du *Consistoire* ou l'*Esprit de l'Eglise.*

Quelques détails de cet ouvrage peuvent être
purement locaux ; mais le fond appartient à tous
les Consistoires possibles. Je n'ai pas plus peint
les dévots de la Chapelle du Saint Diacre, que
les dévots répandus sur la surface de la répu-

blique, et le même personnage sera reconnu ; sous un nom différent , dans mille communes à la fois. Il me falloit un point de réunion, n'importe lequel. J'avoue que celui que j'ai choisi offrait un champ très-vaste à tout autre écrivain.

Parler de la coupe, de la marche, de l'ensemble , des épisodes , de la narration , du style , etc. ce serait supposer qu'il y a de tout cela , ce serait faire une sorte de poëtique ; charlatanisme usité autrefois parmi quelques littérateurs de nom. Aujourd'hui , il faut être plus simple. Un auteur qui parle mal de lui, est cru sur parole; sottise. S'il en dit du bien, il indispose ; fatuité. Se taire est le plus sûr. Je me tais donc. J'abandonne mon ouvrage aux traits malins de la critique , aux sarcasmes amers des *honnêtes gens* , à l'anathème des dévots, à la haine des royalistes. Je ne prends point le parti de mon esprit , je ne défends que mon cœur. Mon cœur ! C'est tout ce que je possède. C'est-là que naissent chaque jour mille sensations diverses , qui n'ont que la patrie pour objet. C'est-là que je puiserai toujours mon amour pour les hommes, pour les arts , et pour la liberté. *Vive la République* !

LE CONSISTOIRE.

LE CONSISTOIRE.

CHANT PREMIER.

ARGUMENT.

Historique de la Chapelle du Saint Diacre. Portrait de Gargarita. Description du sacrifice de la Messe. Dévotion de madame CRUX-AVE. *Songe du Pasteur. Création du Consistoire.*

JE chante les travaux de ce saint Consistoire,
Qui, pour marquer sa place au temple de mémoire,
Pugnis et calcibus, unguibus et rostro, (1)
Soutint des droits sacrés, mais réduits à zéro.
De ces preux chevaliers du culte de nos pères,
Je peindrai les défis et les saintes colères,
Et leurs nombreux *exploits*, attestés par huissier,
En l'honneur du Dieu-Pain, créé chez l'épicier (2).

---

(1) *Et des poings et des pieds, et de l'ongle et du bec.*
(2) On observera que dans Paris, et dans quelques autres communes, les pâtissiers sont en possession de fabriquer le pain à chanter. On peut en leur faveur changer ainsi ce vers :

En l'honneur du Dieu-Pain, fait par le pâtissier.

Muse de Despréaux qui chantas ce pupitre
Dressé par un prélat en dépit d'un Chapitre,
Si jadis un lutrin invalide et poudreux
Obtint en vers ronflans un éloge pompeux,
Un sujet non moins grave et non moins héroïque
Réclame les éclats de la trompette épique.
Quitte donc l'Elysée et ses rians propos,
Viens m'inspirer des vers dignes de mes héros !
Viens immortaliser ce Consistoire auguste,
Toujours fier, toujours grand, s'il n'est pas toujours juste ;
Retrace-nous les traits de ce bon Clopinel (1) !
Simple, il n'est pas méchant ; prêtre, il a quelque fiel.
Peins-nous le *Crux-Ave*, surnommé bonne-tête,
Et le bouillant Monchien et Trigaud et Labête.
Songe dans ce tableau que tout est précieux ;
Sacristain, chevecier, tout doit parler aux yeux.
Peins-nous le noble orgueil de tous ces dignitaires,
Des prêtres sermentés, des prêtres réfractaires,
Qui, livrant des combats jusques dans le saint lieu,
Briguent, à coups de poing, l'honneur de faire Dieu.
Telles les factions des Gibelins, des Guelphes. . . .
Mais quel Dieu me saisit ! De l'oracle de Delphes
L'effet ne fut jamais aussi prompt, aussi beau ;
Je me sens plein du feu qui dévora Boileau.
Christicoles hargneux, corbeaux tondus, silence !
Membres du Consistoire, à vos rangs ! Je commence.

Près des bords renommés que baigne dans son cours
La nymphe qui fuyait la moins chaste des cours,

____

(1) Nous avons de fortes raisons pour croire que ce saint prêtre ne descend point de *Clopinel*, ou *Jean de Meun*, poète français qui florissait au seizième siècle, auteur, dit-on, du *roman de la Rose*.

Dans les murs de Paris, d'un vieux saint à tunique
S'élève, vers le nord, la chapelle gothique.
Là, jadis, en commun, des tondus peu dévots
S'engraissaient saintement des aumônes des sots (1).
Un jour, pour rétablir l'honneur du sacerdoce,
Domnol chez les Manceaux alla porter la crosse ;
Ce lieu, débarrassé de ce cortége impur,
Ne fut pendant long-temps qu'un oratoire obscur ;
Mais sous Philippe-Auguste, en paroisse érigée,
La chapelle bientôt parvint à l'apogée,
Et, quoique succursale, elle obtint pour guerdon
De faire les honneurs alors du grand pardon (a).
Hélas ! ils sont passés les beaux jours de sa gloire,
Et, malgré les efforts du discret Consistoire,
Malgré les coups de poings promis, donnés, rendus,
En dépit des sergens, le temps passé n'est plus !

Gargarita régnait, et ses mains souveraines
De l'Église ébranlée avaient saisi les rênes (3).
Gargarita ! la fleur, l'honneur du nom chrétien !
Du pontife Braschi le plus digne soutien !
Tel un peuplier noir aux bords d'une rivière,
Au-dessus des roseaux lève sa tête altière ;
Son sommet sourcilleux s'élève au firmament,
Lorsque les foibles joncs se courbent humblement.
Tel au sein de la horde à ses ordres soumise,

---

(1) Sous Childebert Ier. cette église était un monastère, dont saint *Domnol*, depuis évêque du Mans, était abbé.

(2) Promenade du dieu *Soleil*, le dimanche après l'octave de sa fête. Il y avait un superbe reposoir dans le faubourg S. Martin.

(3) *Valois régnait encore, et ses mains incertaines,*
    De l'État ébranlé, laissaient flotter les rênes.
    (Volt. *Henr.*)

Le fier Gargarita paraît dans son église:
A sa mâle structure, il unit la beauté;
La candeur de son front tempère sa fierté:
Mainte paroissienne admire cette joue
Où la rose amoureuse avec le lys se joue,
Croit voir du Vatican le superbe Apollon,
Et d'un cœur neuf encor, en secret lui fait don.
Le saint qui, d'un coup-d'œil, pénètre le mystère,
Avec plus de grandeur remplit son ministère.
Ce coup-d'œil sur ses sens fait l'effet le plus prompt.
L'incarnat du bonheur a coloré son front.
Il sent, pontife-roi des marmoteurs d'antiennes,
Qu'il est l'heureux sultan des gentilles chrétiennes,
Et, jetant le mouchoir à travers le bercail,
Du temple du Saint Diacre il se fait un sérail.
Chante-t-on les bienfaits du Dieu de la Nature?
Sa main parcourt l'espace; elle bat la mesure,
Et ses doigts voltigeant sur le feuillet sacré
Du vaste *in-folio* de plein-chant diapré,
Instruisent à l'instant la sainte colonie,
Qu'il cultive à-la-fois Euterpe et Polymnie;
Et Rose s'apperçoit, fixant son confesseur,
Que d'une main charmante il est le possesseur.

Les temps sont arrivés. Déjà sur le calice
La victime à l'autel attend le sacrifice.
La pâte préparée et desséchée au feu,
A la voix du jongleur va se changer en Dieu.
Déjà d'un saint respect la foule est pénétrée;
Gargarita s'avance en chasuble dorée,
Et pour transfigurer le *verbum in cibo*,
D'une voix hypocrite entonne *introïbo*.
Grégoire, vieil ivrogne, est là qui sert la messe;

Il répond que le *Dieu réjouit sa jeunesse* (1) ;
Mais il n'explique point, sot écho d'*oremus*,
Si c'est le Dieu Froment ou bien le Dieu Bacchus.
Plus loin, mais assez près du divin tabernacle ,
Madame *Crux-Ave* contemple le spectacle ;
Madame *Crux-Ave*, la perle du quartier,
Dont le fidelle époux, ci-devant charpentier,
Aveuglément soumis à son pouvoir suprême,
Dans sa chaste moitié croit trouver Vénus même !
Et pare chaque jour de lauriers toujours verds,
Ses cheveux qu'ont blanchi soixante dix hivers.
Elle chérit, dit-on, fort peu la République ;
Mais elle est, en révanche, ardente catholique,
Et presque tous les jours, de fort bon appétit,
S'agenouille à la table et croque Jésus-Christ.
Ces déjeûnés friands, pris chaque matinée,
Ont de madame *Ave* fait une illuminée,
Qui, depuis trente jours, pour certaine raison,
A de sainte Brigide entonné l'oraison (2).
Eh! que ne peut la foi dans une ame fidelle !
Elle veut . . . contempler la présence réelle ;
Elle veut voir le corps du Dieu crucifié
Et le vin du calice en sang déifié.
Tout-à-coup . . . ô prodige ! ô vertu des mystiques !
Le prêtre a prononcé les paroles magiques,
La pâte disparaît : sur l'autel étendu

---

(1) *Ad deum qui lætificat juventutem meam.*
(Introït de la Messe.)

(2) Sainte Brigide , abbesse de Kildare en Irlande , morte en 523. Ses miracles lui firent donner le surnom de *Taumaturge*. Récitez dévotement son oraison pendant trente jours , pour obtenir une grâce , cela vaut fait.

Un prestige à ses yeux offre le Dieu pendu.
Mais pour tous les regards ce saint corps invisible
A ceux de la dévote est seulement sensible.
Elle adore, s'incline et relève les yeux.
O de la foi chrétienne effet miraculeux !
Au-dessus de l'autel un tableau sans bordure,
Au zèle des croyans offre un Christ en peinture.
De l'image du Dieu qu'elle vient d'implorer
Elle voit tout-à-coup les chairs se colorer.
Du tableau détachés les membres s'arrondissent,
Aux mouvemens du corps les muscles obéissent ;
Elle croit, sous les chairs, voir le sang circuler :
Les yeux s'ouvrent... la bouche... enfin il va parler.
Tandis qu'à cet aspect la dévote frissonne,
Dans le vase sacré soudain le vin bouillonne ;
Il en franchit les bords, et le laissant à sec,
S'élève jusqu'au Dieu peint jadis par Van-Bek (1).
Par chaque plaie alors il pénètre, il se glisse...
Le sacrificateur continuant l'office,
D'un repas si friand saintement récréé,
Déchire par morceaux le Dieu qu'il a créé,
Et, pour lui préparer d'horribles funérailles,
L'engloutit palpitant dans ses vastes entrailles.
La dévote frémit ; elle ferme les yeux,
Et déjà se repent d'un désir curieux.
L'antropophage a soif, et ses mains déïcides,
Cherchant à rafraichir ses entrailles avides,
Soulèvent le calice aux pieds du Dieu-tableau.
Soudain son côté s'ouvre... O prodige nouveau !
Le sang coule à grands flots dans la coupe sacrée,

---

(1) David Van-Bek, peintre célèbre, natif de Delft. Il mourut à la Haye, en 1656.

Plus effrayante encor que la coupe d'Atrée !
Le prêtre qui du Dieu vient d'épuiser le flanc,
S'en abreuve...et voilà le vrai *buveur de sang.*

O combien l'apparence est souvent peu fidelle !
Combien elle déçoit qui juge d'après elle !
Sur l'arbre quelquefois avez-vous observé
Ce fruit tendre, vermeil et si bien conservé ?
Vous aimez son parfum, sa fraîcheur séductrice ;
On pourroit même aux Dieux l'offrir en sacrifice....
Ce fruit est attaqué par un ver destructeur ;
L'insecte en serpentant l'a piqué jusqu'au cœur.
Tel est Gargarita ! Chacun l'aime, l'honore :
N'importe ! un ver rongeur en secret le dévore,
Et jusques à l'autel, l'ennui, le sombre ennui,
Sous l'aube et la chasuble officie avec lui.
Quel chagrin peut ainsi troubler ce grand courage,
Altérer le repos d'un si saint personnage ?
Quel dard aigu s'attache, aussi près de la fleur,
Aux fragiles rameaux du rosier du bonheur ?
Hélas ! pour être heureux suffit-il d'être juste ?
Monseigneur de Juigné, notre archevêque auguste,
Qui, des dons de l'Eglise ouvre les réservoirs,
N'a point du saint pasteur confirmé les pouvoirs.
Ce secret n'est connu que de la gouvernante,
De ses menus plaisirs chaste surintendante.
Il est vrai que l'amour (j'entends l'amour divin)
Lui rend cher le pasteur encor plus que le vin ;
Lui seul à tous ses maux appose le dictame,
Et son cœur est si bon ! .. mais enfin elle est femme ;
Il le sait mieux qu'un autre, et convient à regret
Qu'une femme, assez mal, sait garder un secret.
Ce secret divulgué pourrait contre l'étole
Exciter les clameurs du troupeau christicole.

Par un danger plus grand ses soucis sont accrus.
Jadis il a prêté le serment des intrus ;
Mais depuis on le vit, enflammé d'un saint zèle,
A l'église entouré de son troupeau fidèle,
Rétracter ce serment par la force arraché,
Et dire par trois fois humblement : *J'ai péché !*
Ce désaveu bien cher à tout bon catholique,
Peut brouiller le saint homme avec la République.
Certains bruits de Cayenne et de Madagascar
Dans son cœur agité promènent le poignard.

De ses vaines frayeurs, sa grande ame indignée,
Retrouve enfin le calme, et paraît résignée.
Emule de Codrus, de sa vertu jaloux,
Il veut se dévouer pour le salut de tous.
Oui ! que sur moi, dit-il, leur vengeance s'épuise !
Périssons , s'il le faut ; mais conservons l'eglise :
Que ces Républicains apprennent à trembler !
Par ma bouche Dieu même à l'instant va parler.
Il dit, et dépêchant sa jeune Sunamite,
Près de lui des croyans il convoque l'élite.
La céleste courière, experte en pareil cas,
Au *cygne de la croix* d'abord porte ses pas.
A sa voix, pour paraître un instant moins caduque,
Madame *Crux-Ave* met vite sa perruque.
Autant en fait l'époux, qui, du message instruit,
Près de Gargarita se rend à petit bruit.
Il est bientôt suivi par Trigaud l'hypocrite,
Par l'huissier Grifonnet à face hétéroclite,
Par Labête, Dindin, Monchien, Fleurant, Lanus ;
Le sacristain Grégoire est au rang des élus.
Chacun d'eux paraissant être sur le *qui-vive*,
Prêtez-moi, dit le prêtre, *une oreille attentive.*

Un

Un grand cas nous rassemble ! apprenez qu'en son chef
L'Église est menacée : effroyable méchef !
Je vois l'horreur soudaine où ce début vous plonge.
Frémissez ! pâlissez au récit de mon songe !
Vendredi, dans la nuit qui cause mon effroi,
Feu Jésus-Christ, messieurs, s'est montré devant moi.
Ce n'est point une erreur; mes yeux ont vu le juste
Pompeusement monté sur son ânesse auguste,
Tel qu'au jour de sa gloire on le vit rayonnant
Quand dans Jérusalem il entra triomphant.
   « Tremble ! (a-t-il dit du ton d'un faiseur d'horoscopes),
» Gargarita, le Dieu des Théophilantropes,
» L'emporte sur la croix, sur mon âne et sur toi.
» Des fiers Républicains tu transgressas la loi;
» Je te plains de tomber, mon fils, sous leur empire !
» Je ne peux te sauver, hélas ! mon règne expire. »
En achevant ces mots, bien faits pour me glacer,
Il quitte sa monture, et vient pour m'embrasser.
L'ânesse prend alors son vol, et moi, mes frères,
Moi, j'étendais les bras vers le Dieu de nos pères ;
Mais je n'ai plus trouvé qu'un mélange confus
De raisins écrâsés, de grains de bled moulus,
Dont à grands coups de bec, au fond d'une masure,
De voraces dindons disputaient la pâture (1).
Sur un frêle vaisseau par les vents tourmenté,
Soudain au sein des mers je me vois transporté.
De sinistres oiseaux j'aperçois une troupe ;
Il en étoit couvert de la proue à la poupe,
Et moi-même... ô stupeur ! de plumes surchargé,
En celui d'un corbeau je vois mon corps changé.
L'homme en moi disparait. Confus de ma disgrâce,

____

(1) Le saint prêtre avait lù Athalie avant que de s'endormir.

Je veux parler, me plaindre, et comme eux je croasse.
Je les observe tous, et vois que, comme moi,
Ce sont des confesseurs, des martyrs de la foi ;
Mais je conçois aussi que ce vers de ... Virgile (1),
Dat veniam corvis ... n'est pas mot d'évangile.
O mon cher *Crux-Ave !* pendant l'horreur des nuits,
Ce songe, par trois fois, a troublé mes esprits.
Par-tout il me poursuit, il m'obsède, il m'oppresse,
Et, je vous l'avoûrai, ces dindons, cette ânesse,
Ces raisins, ce vaisseau, ces corbeaux, le Sauveur ;
Tout cet affreux désordre a passé dans mon cœur !
Ce songe, mes amis, cache un très-grand mystère ;
On prétend m'arracher à mon saint ministère :
Hé bien ! si je succombe à ces horribles coups,
Que du moins mon esprit revive parmi vous.
Réunis à l'autel, formez un Consistoire ;
Aux enfans de Baal disputez la victoire.
Arborez l'étendart du Dieu mort sur la croix ;
Et, comme un titre auguste en impose par fois,
Nommez-vous, en dépit de l'austère critique,
Les administrateurs du culte catholique.
De vous, pour président, *Crux-Ave*, je fais choix.
Vous, maître Griffonet, tracerez les exploits.

A ces mots, à la fois chacun rompt le silence.
Un cri vif et perçant jusques aux Cieux s'élance ;
Sur la calote sainte on prête le serment.
Chacun se prend la main, s'embrasse tendrement ;

---

(1) *Dat veniam corvis, vexat censura columbas.*

Ce vers est de Juvénal, satyre 2 ; mais *Gargarita* peut s'y
tromper. On connaît l'ignorance crasse de la plûpart des Eglisiers.

La ligue défensive est jurée, et la foule,
En essuyant ses pleurs, comme un torrent s'écoule.

Mais, ô perversité des cœurs !... même chrétiens !
O soif de la grandeur, des honneurs et des biens !
Combien sur les humains tes progrès sont rapides !
Ils vinrent innocens, ils s'éloignent perfides ;
Et chacun d'eux, jaloux d'être administrateur,
De respirer l'encens et de dormir au chœur,
Brûle en secret de voir, servant ses vœux coupables,
Gargarita bientôt aller à tous les diables.

CHANT DEUXIÈME.

ARGUMENT.

*Une colonie de Théophilantropes s'établit dans le temple
du Saint Diacre. Indignation de Gargarita. Le Consistoire s'assemble sans son ordre. Le curé dissout l'assemblée. Gargarita est destiné à faire le voyage d'outre-
mer. Il est arrêté. Désespoir de sa gouvernante.
Première séance du Consistoire. Discours du président.
Plaidoyer de Griffonnet. Clopinel est admis pour rem-
placer Gargarita. Les honorables membres se donnent
rendez-vous pour le lendemain, au cabaret.*

DANS un profond silence adorer l'Éternel,
Comme un Dieu juste et bon, non comme un Dieu cruel,
Qui condamne à l'enfer les humains pour des pommes ;
Être soumis aux lois, servir, aimer les hommes ;
Des pères, des époux, des fils, des citoyens
Proclamer les devoirs, resserrer les liens ;
Consoler l'indigent, soulager sa misère ;
Protéger l'orphelin, lui tenir lieu de père ;
Dégager la morale et ses sages leçons
Des mensonges sacrés, fragiles étançons,
Arracher et briser ces lourdes enveloppes,
Tel est le culte pur des Théophilantropes.
Ce culte fut celui du vertueux Caton,
De Lycurgue, Socrate, Aristide et Platon.

Il n'est qu'un architecte, un moteur, et les Sages
N'adressent point leurs vœux à de froides images.
Trop satisfaits d'avoir le simple sens commun,
Ils n'imaginent point qu'un et deux ne font qu'un (1);
Qu'une vierge enfanta sans cesser d'être vierge;
Qu'on peut gober un Dieu comme on gobe une asperge;

(1) A propos des trois qui ne font qu'un, nous cédons à l'envie de placer ici un cantique composé sur ce sujet, par une jeune ingénue, très-assidue aux cérémonies du *culte de nos pères.*

Air : *Ah le bel oiseau, maman !*

Le beau mystère vraiment,
Que la Trinité , ma mère !
Le beau mystère vraiment,
Il m'amuse infiniment.
Dieu d'être seul s'ennuyant ,
Un beau matin devient père . . .
Comme un tiers est amusant,
L'Esprit est mis en lumière . . . .
    Le beau mystère, *etc.*

L'Esprit , le père et l'enfant,
Sont-ils trois Dieux ? Non , ma mère !
Trois n'en font qu'un,.... C'est plaisant !
C'est en quoi gît le mystère . . .

Semblable au cygne galant ,
Par qui Léda devint mère ,
L'Esprit se fait pigeon blanc ,
Pour plaire à la Charpentière . . . .

L'Esprit lui fait un enfant ,
Dont pourtant il n'est pas père ;
Elle , après l'enfantement ,
Reste vierge , quoique mère. . . .

Et que, pour nous sauver, (quoiqu'il n'en ait rien fait),
Le Dieu de l'Univers est mort sur un gibet.
Le Philantrope parle à mon ame attendrie ;
Tout dans ce culte heureux me plaît et m'édifie.

Voilà Dieu le fils enfant
Qui tette la charpentière ;
Le marmot qui va tettant,
Est aussi vieux que son père. . . . .

Petit bon-dieu devient grand ,
Mais grand comme père et mère ;
Puis il se change en froment ;
On le mange , on le digère . . . . .

Dieu le fils est un instant
Oublié par Dieu le père ;
Car on le happe , on le pend ;
Il meurt, et puis on l'enterre. . . . .

Il endort le régiment
Qui garde le cimetière ,
Puis fait en ressuscitant ,
Un vrai tour de gibecière . . . .

De retour au firmament ,
Le dieu quitte la matière ;
Au garde-meuble à l'instant
Son corps est mis en fourrière. . . .

A son tour l'esprit descend
En langues de feu sur terre ;
Il remonte , et sur le champ
La Trinité se resserre.

Le beau mystère vraiment,
Que la Trinité, ma mère !
Le beau mystère vraiment ,
Convenez qu'il est plaisant !

(23)

J'en excepte pourtant la robe du docteur,
Dont, pour parler raison, s'affuble l'orateur.
A quoi bon ce surtout, jaquette décadaire?
Est-ce là des Français le costume ordinaire?
N'a-t-on pas sagement proscrit le carnaval?
Veut-on faire d'un temple une salle de bal?
Le précepte pour plaire a-t-il besoin d'un masque?
A-t-on plus de talent sous un habit fantasque?
Le costume décent d'un simple citoyen
A-t-il moins de vertu qu'un costume ancien (1)?
Celui qu'à la tribune un orateur déploye,
De laine jusqu'alors, un jour sera de soye,
Et quelque temps après, par un nouvel essor,
Sur la soye en tissus on verra briller l'or.
De la morale, amis et point de jongleries;
N'allons pas imiter les saintes momeries.
Ne rétablissons point un prestige détruit;
Laissez cette jaquette et gardez votre habit.
Elle retrace aux yeux le culte judaïque,
Et de Melchisedech rappelle la tunique.

Qu'un prêtre ambitieux, tout fier d'être prélat,
Des Gaules, en secret, brigue l'apostolat;
Qu'à l'instant où le peuple est libre et vit sans maître,
Il veuille encor régner; il le doit : il est prêtre.
Dans ce grand mouvement, où l'on sut à la fois
Briser le double joug des prêtres et des rois,
Il ne vit qu'un moyen d'établir sa puissance;

---

(1) Voltaire a fait *ancien* de deux syllabes; d'autres auteurs
lui en donnent trois. Regnard a dit :

Suivant les anciens et ce qu'ils ont écrit.

(Démocrite.)

Il fonda sa grandeur sur notre indépendance
Et du muphti de Rome instruisit le procès,
Dans l'espoir d'être un jour le muphti des français;
De mal-adroits pasteurs contre nos lois s'élèvent!
Hé bien ! quand à leur voix les prêtres se soulèvent,
Qu'ils font cause commune avec nos ennemis,
Celui-ci, plus adroit, présente un front soumis.
Il conçoit un projet et soudain l'effectue,
De l'auguste déesse embrasse la statue
Et cherche à l'affubler de ces hochets sacrés,
Par les peuples séduits trop long-temps révérés.
Aux chants de la victoire il joint ses chants funèbres;
Au sein de la lumière il place les ténèbres,
Des voiles de l'erreur masque la vérité,
Souille, d'indignes fers, l'auguste liberté,
Et l'arbre de la croix s'élève en équilibre
Près de l'arbre divin que planta l'homme libre.
Il prétend marier, par un effort nouveau,
Le missel à la loi, l'encensoir au niveau,
L'écharpe tricolore à l'étole de Rome,
Et couvrir la légende avec les droits de l'homme.
En attendant qu'un jour des *ex-voto* nombreux
Près de la liberté viennent frapper les yeux,
Il l'habille en madone, et le rusé derviche
Veut glisser dans son sein son risible fétiche.
C'est ainsi qu'il espère enchaîner à la fois
Et le républicain et l'esclave des rois.
L'un doit lui savoir gré d'aimer la république;
L'autre, de rétablir le culte catholique.
Non !..comme un imposteur, l'un au front le marqua,
L'autre en lui voit un traître et l'appelle *Raca*.

 Votre culte est sublime, ô théophilantrophes !
Dépouillez

Dépouillez, repoussez d'indignes enveloppes,
Et si vous fîtes choix d'orateurs vertueux,
Tremblez d'en rencontrer un jour d'ambitieux !
Tout culte commença par la morale austère ,
Et tout prêtre finit par asservir la terre.
Que la terre soit libre , et qu'un culte nouveau,
Fondé sur la raison s'allume à son flambeau,
Qu'il embrasse en son cours l'immensité des âges,
Et se conserve pur comme un ciel sans nuages.

Ce culte florissait , mais au temple Laurent ,
Il n'avait point porté son dogme tolérant.
On apprend tout-à-coup qu'il obtient cette gloire ;
Le pasteur en frémit, et le saint Consistoire,
Dans les choses d'éclat , jaloux de figurer ,
S'assemble de lui-même et veut délibérer...
La soif d'administrer, je le vois, vous dévore,
Leur dit Gargarita : mais je respire encore !
De quel droit osez-vous, sans mes ordres exprès,
Vous assembler, messieurs? quels sont donc vos projets?
Rentrez chacun chez vous ; je veux bien faire grâce,
Si vous récidivez, sur-le-champ je vous casse.
Seul, je saurai lutter contre un culte étranger ,
Faire tête à l'orage et braver le danger.
Je saurai dignement garder mon caractère ;
Sous moi, vous ne devez qu'obéir et vous taire,
Il dit : et de ce coup , les syndics étonnés ,
Enfilent la venelle avec un pié de nez.
Des sectaires obscurs , que son grand cœur méprise,
Il voudrait toutefois préserver son Eglise.
Tous les moyens par lui sont vainement tentés ;
Ses prières, ses vœux ne sont point écoutés.
Déjà l'on a fixé l'heure du sacrifice,

D.

Les dévots, très-matin, se rendent à l'office,
On se regarde, on pleure, on est désespéré ;
Quand l'airain frémissant près du temple sacré,
Annonce aux croque-pâte, aux dévotes harpies,
Qu'il faut céder la place au culte des impies.
Tous les cœurs sont glacés à ce lugubre son ;
Chacun, en s'enfuyant, lâche son maudisson.
Avec un gros soupir la matrone en cornettes
Dans l'étui vivement resserre ses lunettes ;
Et, pour ne pas fixer de pareils escogrifs,
Vers la porte en tremblant presse ses pas tardifs.
Pour mieux leur rappeler les chants qui leur conviennent,
L'orgue exécute alors l'air *des dragons qui viennent*.

Ainsi lorsqu'Athalie au temple des Hébreux,
Parut, et sur l'enceinte osa lever les yeux,
Plein d'un effroi mortel, le peuple israélite,
Loin du parvis sacré, prit à l'instant la fuite.

Le fier Gargarita, du haut de sa grandeur,
D'un coup-d'œil dédaigneux mesure l'*orateur*.
Il croit, nouveau Joad, voir Mathan le grand-prêtre ;
D'un regard foudroyant il veut frapper le traître :
Mais sur son front jaloux, ce noble orgueil empreint,
Est le dernier reflet d'un flambeau qui s'éteint.
En effet, la fortune a trahi son courage ;
Malgré lui d'outre-mer il fera le voyage,
Déjà sous les verroux l'individu sacré,
Avec d'autres tondus, se voit claquemuré.
O jour trois fois affreux ! jour d'angoisse et de larmes !
Du poulailler dévot qui peindra les alarmes ?
De trois veuves en deuil les éclatans regrets ?
De l'indiscrète Alix les transports inquiets ?

On cherche à rassurer la digne gouvernante ;
Mais qui peut se flatter de tromper une amante (1) ?
Elle sait son malheur, en voit les résultats.
Dieux ! il est arraché pour jamais de ses bras !
Pourrait-elle en douter ? La même renommée (2)
Qui pour Gargarita la peignit enflammée,
L'instruit qu'à Rochefort un navire est ancré,
Que pour mettre à la voile on a tout préparé.
De ses bouillans transports elle n'est plus maîtresse ;
Et son délire affreux décèle sa tendresse.
Furieuse, elle court, elle verse des pleurs ;
Le faubourg retentit au loin de ses clameurs.
Telle on voyait Thyas pendant les bacchanales,
Furieuse à l'aspect du van et des cymbales,
Mêler ses heurlemens aux cris poussés, dit-on,
Pendant l'horreur des nuits sur le mont Cythéron (3).

Amours des cœurs dévots, en guimpes, en soutanes,
Combien vous l'emportez sur nos ardeurs profanes !
Qu'ils sont impétueux les transports des élus !
Alix perd la raison et ne se connaît plus ;
Son cœur a des secrets, sa bouche les publie !
Dans son trouble mortel, l'infortunée oublie
Que les dieux ont tout fait ; que c'est contre son gré

---

(1) *At regina dolos (quis fallere possit amantem !)*
Præsensit, motusque excepit prima futuros. (VIRG. EN. Lib. 4.)
(2) . . . . *Eadem impia fama furenti*
   Detulit armari classem , cursumque parari.
   Sævit inops animi , totamque incensa per urbem
   Bacchatur :   (*Id.*)
(3) . . . . *Qualis commotis excita sacris*
   Thyas , ubi audito stimulant trieterica Baccha
   Orgia, nocturnusque vocat clamore Cithæron. (*Id.*)

Que son amant la fuit : qu'enfin il est coffré ;
Et, nouvelle Didon, comme elle abandonnée,
Elle adresse ces mots à ce nouvel Énée :
Parjure ! ingrat ! cruel ! non, tu n'es point un dieu !
Tu me paraissais tel : hélas ! j'en fais l'aveu.
Triste et cruel effet de l'ardeur qui m'embrâse !
Combien je m'abusais ! Perfide ! le Caucase, (1)
Dans ses rochers affreux, sans doute t'enfanta.
Sans doute une tygresse en naissant t'alaita.
Dans de nouveaux climats, va, cherche des conquêtes,
Ingrat ! brave les mers, les vents et les tempêtes ;
Mais, comme une furie, en ces lointains climats,
Je serai, quoique absente, attachée à tes pas. (2)
Et quand la froide mort aura glacé mes veines (3),
Mon ombre ira par-tout te reprocher mes peines.
As-tu donc de mes soins perdu le souvenir ?
Quelle autre saura mieux coudre, filer, blanchir ?
Tu pourrais m'oublier, moi, dont la main fidelle
Repassait tes surplis, tes aubes à dentelle !
Moi qui, tous les matins, faisais ton chocolat !
Qui, tous les samedis, te plissais un rabat !
Qui, tous les soirs enfin... Tremblante, inanimée,
A ce ressouvenir elle tombe pâmée.

Crux—Ave cependant, l'œil et l'oreille au guet,
Apprend que le pasteur est pris au trébuchet ;

____

(1) . . . . *Duris genuit te cautibus horrens*
Caucasus, Hyrcanæque admôrunt ubera tigres. (Virg. *Id.*)
(2) *I, sequere Italiam ventis, pete regna per undas.*
. . . .
. . . . *Sequar atris ignibus absens.* (*Id.*)
(3) *Et cùm frigida mors animâ seduxerit artus,*
Omnibus umbra locis adero : dabis, improbe, pœnas. (*Id.*).

Et, comme président, par un mot de grimoire,
Il convoque aussitôt le sacré Consistoire.
Il croit, pour l'intérêt du culte et de l'autel,
Devoir à la séance inviter Clopinel.
Ce Clopinel, amis, est un assez bon diable,
Prêtre de son métier, s'il en était capable,
Qui, pour vivre, fait Dieu sans trop savoir comment,
Et n'a pas inventé la poudre assurément.
L'adroit Gargarita, le plus fier de nos mages,
Jaloux de réunir en lui tous les hommages,
Ayant pourtant besoin, pour être à deux de jeu,
D'une froide machine à faire et porter Dieu,
Ne vit dans Clopinel qu'un simple auxiliaire ;
Et, ne le craignant point, il en fit son vicaire.

Le cortége se forme. Avant tout, *Crux-Ave,*
D'une voix sépulcrale, entonne le *Salve ;*
Ensuite, tête nue, (il connait l'étiquette),
S'empare du fauteuil, agite la sonnette,
Tousse, crache, se mouche, et d'un ton convulsif
Harangue noblement l'auditoire attentif.
« Nous… administrateurs du culte catholique…
» (Moi, président, messieurs ; mon titre est canonique).
» Considérant… qu'il est… qu'il est… urgent… qu'enfin
» On ne fait point relâche au service divin…
» Nous sommes réunis à… telle heure précise…
» (quelle heure est-il, messieurs ?) Réunis… à l'église…
» — Il est midi. — Fort bien. Midi! Continuons.
» Pour… y… délibérer. Voilà!… délibérons. »
L'orateur à ces mots s'essuye et se repose.
L'assemblée applaudit à tout rompre, et propose
Que d'un discours si beau, si rempli d'onction,
Dans le procès-verbal il soit fait mention.

Le fier Monchien se lève, et, prenant la parole,
Des Oysons ont jadis sauvé le Capitole,
Dit-il, ferons-nous moins, messieurs, que des Oysons ?..
Soyez plus réservé dans vos comparaisons,
Répond le président; je vous rappelle à l'ordre.
Monchien sur nous, je crois, n'a pas prétendu mordre,
Dit à son tour Trigaud; il a trop de respect!...
— En ce cas, qu'il se montre un peu plus circonspect.
L'ordre du jour! s'écrie un membre à barbe grise,
Monchien avait raison; il faut sauver l'église.
Quand un si grand objet doit nous réunir tous,
Faut-il, pour des Oysons, montrer tant de courroux ?
Délibérons. — Bien dit !... Un instant, dit Grégoire.
Prétendez-vous, messieurs, délibérer sans boire ?
Ce qu'on propose-là n'a pas le sens commun.
L'esprit... n'a pas d'esprit, quand le corps est à jeun.
On veut sauver l'Eglise ? entreprise notable !
Mais dont on ne pourra venir à bout qu'à table.
Je me résume, et dis qu'il faudra, dès demain,
Que nous délibérions ... mais le verre à la main.
— Appuyé !.. La mesure amplement discutée,
A l'unanimité bientôt est arrêtée.

Grifonnet, des huissiers et la crême et la fleur,
Médite un beau discours la veille, appris par cœur,
Il demande, il obtient, il saisit la parole,
Enfant gâté, dit-il, de Cujas et Bartole,
Noirci dans l'encrier, blanchi sous le harnois,
je viens vous consacrer ma plume et mes exploits.
Je comparais ici, messieurs, à la requête
De discrète personne, Honoré Bonne-Tête
Crux-Ave, président, la colonne et l'appui
du Consistoir illustre où je plaide aujourd'hui,

L'avourai-je, messieurs ? Ce calme inaltérable,
Ce cœur d'un triple acier, ce front imperturbable
Dont la nature arma les huissiers, les sergens,
Se troublent à l'aspect de tant d'illustres gens !
Moi ! qui, d'un front d'airain, sus braver les orages !
Moi ! qu'on vit, dès l'enfance, affronter les outrages !
Moi ! dont le dos durci semble insensible aux coups,
Interdit et tremblant, je parois devant vous !
Grands par vos fonctions, plus grands par vos lumières,
Du saint concile, en vous, je crois revoir les pères !
Vous les ferez revivre, et cet exemple heureux,
Gagnant de proche en proche, et germant en tous lieux,
Pour prix de vos vertus, d'un courage énergique,
Vous verrez triompher l'Eglise catholique.
Il dit et se repose. Un murmure flatteur,
A ce brillant exorde, accueille l'orateur.
Il se mouche avec grâce, ouvre sa tabatière,
Prend du tabac, en offre, et dit : j'entre en matière.
Un principe de droit constant et positif,
Est celui-ci, messieurs : *le mort saisit le vif.*
Le salut des chrétiens veut que la mort civile
A la mort naturelle en ce cas s'assimile.
Nous ne pouvons surseoir au service divin.
Jésus-Christ, on le sait, attend chaque matin
Qu'un prêtre sur l'autel le force de descendre,
On ne peut décemment, messieurs, le faire attendre.
N'allons point abuser de sa docilité.
Puisque le sieur curé dans la geole est jetté,
J'opine, par urgence, et vu la contumace,
Que le sieur Clopinel à l'autel le remplace,
Et qu'audit sieur vicaire on donne un avenir,
Parlant à sa personne, ès fins d'intervenir,
Demain, dans son costume, au pied du sanctuaire,

Et d'y dire la messe en la forme ordinaire.
— Appuyé! — doucement! Dès le premier exploit
Le juge au demandeur ne doit pas faire droit ;
Et, par amendement, moi-même je propose
Que, pour nous assurer qu'il est propre à la chose,
Ledit sieur Clopinel nous prête ici serment
D'obéissance aveugle, et jure également
Une haine éternelle aux Théophilantropes,
Monstres que je compare aux barbares Cyclopes.
Sans doute ils n'ont qu'un œil, puisqu'admettant un Dieu,
De la Trinité sainte ils osent faire un jeu.
— Bravo! bravo! bravo!.. La motion goûtée
Avec l'amendement est soudain adoptée.
Clopinel s'y conforme, et pour le lendemain
On fixe un rendez-vous au cabaret prochain.
On part, et, n'en déplaise à l'auteur du pupitre,
La concorde une fois régna dans un chapitre ;
Mais bientôt nous verrons la discorde en fureur
Faire du Consistoire un théâtre d'horreur !

CHANT

CHANT TROISIÈME.

ARGUMENT.

Portrait de l'esprit de l'Eglise. Tableau de la Confes-
sion. Clopinel est exclu du banquet consistorial. Barbe
fait une collecte pour Gargarita. Clopinel descend en
enfer. Tableau de l'enfer régénéré. Départ de Gargarita.
Les modernes Sybilles.

Il est un monstre affreux, avide de carnage,
Qui, sur l'autel sacré, pour assouvir sa rage,
Depuis dix-huit cents ans, constant en ses desseins,
Verse à grands flots le sang des malheureux humains.
De l'Univers entier il affecte l'empire,
Et se dit souverain de tout ce qui respire.
Les rois, les nations, sous son joug odieux,
Courbent servilement un front respectueux.
Pour lui seul tout se meut, tout vit dans la nature ;
Pour lui, dans le creuset, l'or bouillonne et s'épure ;
Pour lui le diamant, le saphir, le rubis,
Par de savantes mains, sont taillés et polis ;
Pour lui croissent les dons de Cérès et de Flore,
Ces pampres et ces fruits que le soleil colore.
C'est pour flatter ses sens que naquit la Beauté,
Et que le tendre Amour créa la volupté.
Ses droits sont établis sur le pouvoir du glaive ;
Ce glaive à deux tranchans ne donne point de trève ;

E

Dans de sanglantes mains, par un double ressort;
Il arrache la vie et frappe après la mort.
Ce tyran redouté, cet affreux despotisme,
Ne le confondons point avec le fanatisme !
Ce dernier est son fils : aveugle, furieux,
Et la torche à la main, il le suit en tous lieux.
C'est par son ordre exprès qu'il frappe et persécute;
L'un commande le meurtre, et l'autre l'exécute;
L'un parle au nom d'un Dieu dont il brave les lois,
L'autre du Dieu vivant croit entendre la voix.
Ce monstre, le fléau de l'Europe soumise,
Ce tigre impitoyable est l'Esprit de l'Église.
On peut anéantir cet esprit criminel;
Mais tant qu'il régnera, son fils est immortel.
L'existence à ce fils ne peut être arrachée;
A celle de son père elle est trop attachée.
Frappez le fanatisme, il renaît furieux;
Frappez l'esprit impur, ils expirent tous deux.

Cet esprit, inconnu des peuples agricoles,
Fut le contemporain du Dieu des christicoles;
Il naquit avec lui, vécut sur ses autels,
Et, sous le nom de Christ, asservit les mortels.
Barjone, le premier, établit son empire
Quand il frappa de mort Ananie et Saphire (1),
L'apôtre des Gentils, ce Paul au nez crochu,

---

(1) Pierre avait ordonné que tous ceux qui croyaient en Jésus
vendissent leurs héritages et en apportassent le prix à ses pieds.
Anania réserva quelque chose pour subsister, et pour le punir,
Pierre le fit mourir de mort subite, ainsi que sa femme
Saphira. Ce conte christicole est le premier exemple de l'avarice
des prêtres et de l'esprit de l'Église.

(35.)

'Au front chauve, à l'œil sombre, au pied large et fourchu, (1)
Rendit à cet Esprit le même témoignage.
Paul respira, dit-on, *la mort et le carnage* (2).
De cruels successeurs, Damase, Honorius,
Marcellin, Hildebrand, Borgia, Sergius,
Sixte, Jules, Clément, Jean, Boniface, Etienne (3),

(1) *Staturâ brevi, calvastrum, cruribus curvis , surosum, naso
aquilino, superciliis junctis , plenum gratiâ Dei.*

(*Actes de sainte Thècle*).

(2) Act. des Apôt. chap. IX. v. 1.

(3) L'Eglise , à commencer par Simon-Barjono, le pauvre pêcheur, jusqu'à *sa sainteté* l'opulent Pie VI, compte 294 papes.
Dans ce nombre, se trouvent trois douzaines d'antipapes ; à-peuprès le même nombre d'hérétiques, de schismatiques et d'athées;
beaucoup d'assassins , d'empoisonneurs , de scélérats , couverts
de crimes , s'abandonnant à tous les genres de débauches et de
turpitudes , et pour lesquels le viol , l'inceste , l'adultère , et
quelque chose de plus monstrueux encore, n'étaient qu'un jeu.
Nous ne parlerons que de quelques-uns de ceux que nous citons , parce qu'au lieu d'une note , il faudrait faire un livre.

Damase , pontife adultère. Urbin ou Ursicin lui disputa la
thiare. Damase soutint ses droits par le glaive , et fit massacrer, jusques dans les églises, tous ceux qui lui étaient opposés.
137 personnes périrent dans celle de Sicine. Damase se transporta
dans celle de Jules, accompagné de gladiateurs et de charretiers,
et massacra , 3 jours de suite , tout ce qui s'y rencontra. Il fit
enfoncer les portes de celle de Libère , fit découvrir le toit , y
fit lancer des thuiles et des bûches enflammées, et finit par faire
massacrer 160 personnes. Beaucoup d'autres furent égorgées à
Sainte-Agnès. L'Eglise était encore au berceau. Elle promettait !..
Elle a tenu parole.

Hildebrand, (Grégoire VII). On compte 15 pontifes du nom
de Grégoire , et chacun d'eux peut fournir un article à la critique, à commencer par Grégoire I., dit le *Saint et le Grand,*

E 2

Et presque tous les chefs de la secte chrétienne,
Sous le poids des erreurs étouffant la raison,

---

qui fit le panégyrique de l'infâme Brunehaut. Mais, pour abréger, nous ne citerons que :

Grégoire II, auteur d'une révolte en Italie et des massacres de Naples et de Ravennes ; *Grégoire IX*, auteur de 140 ans de discordes intestines, pendant lesquels on n'entendit parler que de combats, de sacs de ville, d'embrasemens, de proscriptions, de meurtres, d'assassinats, de poisons et de supplices.

Grégoire XIII, qui enrichit son bâtard des dépouilles de l'Église, qui approuva l'horrible massacre de la Saint-Barthelemy, qui en fit peindre tous les actes dans trois tableaux, qu'il plaça dans le sallon des ambassadeurs ; qui, en mémoire de cet événement, fit frapper des médailles avec son portrait, et ces mots : *Grégor. XIII, pontif. max.*, et sur le revers, un ange destructeur, qui, d'une main, tenait une croix, et de l'autre, une épée, dont il égorgeait plusieurs individus, avec ces mots pour légende : *Ugenottorum clades.*

Le fougueux Hildebrand tient un rang distingué parmi ces monstres. Il fut l'auteur de 500 ans de guerres civiles.

Borgia. (Alexandre VI) Son nom dispense d'en dire davantage.

Sergius III. Il fut convaincu d'assassinats, vécut publiquement avec l'infâme Marozie, et en eut un fils, lequel hérita de la papauté.

« *Sixte IV* était luxurieux, ivrogne, adultère, enclin aux vices les plus horribles. Il fit bâtir à Rome un lieu de prostitution. Les courtisannes lui payaient un *jules* par semaine, et cela seul lui faisait un revenu de 20,000 ducats par an ».

(*Agrippa, traité de la vanité des sciences.*)

Le docteur Wsselius nous apprend que Sixte IV *autorisa le péché contre nature*, pendant trois mois de l'année.

Jules II jeta les clefs de saint Pierre dans le Tibre pour endosser la cuirasse et ceindre l'épée de saint Paul.

Clément V (Bertrand de Goth) fut le bourreau des Templiers.

Régnèrent par le feu, le fer et le poison.
Cet esprit pénétra du pontife au lévite,

Clément VII , bâtard de la maison de Médicis , fit présent à la France de son exécrable nièce Catherine. Lorsqu'elle partit pour épouser le duc d'Orléans , fils de François 1. , son oncle lui donna ce conseil , digne d'un prêtre : *Fatte figlioli in ogni manierá.* Aussi , observa-t-on que des enfans de Henri II , il n'y avait qu'une fille naturelle qui lui ressemblât.

Jean. 23 papes de ce nom, ont occupé la chaire de saint Pierre.

Jean X ne dût la thiare qu'à Théodora , sa concubine. Marozie , fille de Théodora , fit enfermer le galant de sa mère dans un cachot , où on l'étouffa en lui pressant un oreiller sur la bouche.

Jean XI , bâtard du pape Sergius III et de Marozie , fut fait pape par le crédit de sa mère. Il ne fut célèbre que par sa crapule , et mourut en prison.

Jean XII fut deposé en 963 , comme maniaque, incestueux, pédéraste , athée, ayant fait pacte avec le démon. Il fut convaincu d'avoir donné la croix et les calices à ses prostituées , et d'avoir bu , dans une orgie pontificale , à la santé du diable. Il fut assassiné , en 964, par un noble romain, qui le surprit couché avec sa femme. Luitprand assure sérieusement que le diable , l'ayant surpris en adultère , lui tordit le col. Ce diable entendait mal ses intérêts. Il devait laisser vivre , pour la plus grande gloire de l'enfer, un pontife incestueux, qui avait fait du palais de Latran un b....., qui violait les femmes et les vierges dans les églises , et qui faisait crever les yeux à ceux qui lui déplaisaient, ou qui les faisait horriblement mutiler.

Jean XXII , dont on se rappelle le fameux *ego sum papa,* inventa plus de manières d'extorquer l'argent de l'église , dit Voltaire , que jamais les traitans n'ont inventé d'impôts. Il laissa , en mourant, 25 millions de florins d'or. Ce fut sous ce pape que la chrétienté fut partagée sur l'importante question,

Du prélat radieux au pâle cénobite.

de savoir *si les cordeliers pouvaient dire que leur soupe leur appartenait, alors qu'ils l'avaient dans le ventre,* question qui ne put être résolue qu'après qu'on eut fait rôtir quelques frères mineurs, sacrifice qui fut fort agréable à Dieu.

Enfin, *Jean XXIII*, corsaire de son premier métier, acheta la thiare à beaux deniers comptans, vendit les bénéfices, les reliques, fut convaincu de se livrer à l'impiété la plus licencieuse, à la débauche la plus outrée, au blasphème, à la sodomie, etc.

Boniface VIII inventa la fable de la *Santa-Casa.* Veut-on connaître la religion de ce pontife ? il disait :

« Que Dieu me fasse seulement du bien en ce monde; je me
» soucie moins de l'autre que d'une fève.

» La loi de l'évangile enseigne plusieurs mensonges. La doc-
» trine de la trinité est fausse ; l'enfantement d'une Vierge est
» impossible; l'incarnation du fils de Dieu, ridicule; la doctrine
» de la vie à venir n'est point véritable. Telle est ma croyance;
» et tout homme savant doit croire la même chose, quoi qu'en
» dise le vulgaire. Il faut que nous parlions comme le peuple,
» mais il ne faut pas que nous pensions comme lui ».

Enquêt. jurid. par Dupuy. Paris in-fol. 1655.

A cet égard, Boniface avait raison : il pensait en homme supérieur à son siècle : mais cette morale était un peu déplacée dans la bouche du chef visible de l'Église.

L'esprit de débauche était inné chez lui. Il était immoral par principes. *Faire l'amour aux femmes et aux garçons,* disait ce pontife, *ce n'est pas un plus grand péché que de se frotter les mains l'une contre l'autre.*

Un prêtre voulut l'exhorter à la mort, et lui persuader que par le canal de *N. D. des voyages,* qu'il avait mise en si haute réputation à Lorette, il pourrait se réconcilier avec le *bambino.* Boniface lui répondit gravement :

On vit, au nom de Christ, les Albigeois proscrits, (1)
Mérindol embrâsé, (2) les templiers détruits.
L'esprit persécuteur ordonna les croisades, (3)
Dans Paris étonné plaça les barricades,
Et, jusqu'au nouveau monde, envoya des chrétiens,
Egorger, dévorer, brûler les indiens. (4)
Les vêpres de Sicile et les bûchers d'Espagne ; (5)
La Saint-Barthelémy ; les plaines de Mortagne ; (6)

---

*Je ne crois pas plus en elle qu'en une ânesse, ni à son fils,
qu'au poulain d'une ânesse.*

On lui fit cette épitaphe : *Intravit ut vulpes, regnavit ut leo,
mortuus est ut canis.*

 Il parvint en renard au palais d'Adrien,
  Régna comme un lion, et mourut comme un chien.

Nous bornons là nos citations : mais si les fidelles croyans s'i-
maginaient que c'est faute de matière, nous les renverrions à
l'histoire des papes.

(1) Pendant les guerres contre les Albigeois, lors du siége de
Béziers, les chefs des Croisés, en montant à l'assaut, deman-
dèrent au légat du pape ce qu'ils devaient faire, dans l'impossi-
bilité de distinguer les *catholiques* d'avec les *hérétiques* !—*Tuez*
les tous, dit le légat ! *Dieu connaîtra ceux qui sont à lui.* Femmes,
enfans, vieillards, soixante mille habitans passèrent au fil de
l'épée.

(2) 18,000 individus périrent.

(3) La folie des Croisades coûta la vie à deux millions
d'hommes.

(4) Douze millions d'individus massacrés !

(5) On compte deux cent mille victimes immolées par l'in-
quisition.

(6) La guerre de la Vendée a fait périr 500,000 français.

Par ordre de Braschi, sous ses stylets sacrés ;
Auprès du Vatican les français massacrés ;
Au nom d'un Dieu de paix, le sacerdoce impie
Teignant de sang humain les monts de l'Helvétie ;
La Belgique livrée à de nouveaux malheurs, (1)
De l'esprit de l'Eglise attestent les fureurs.

Ecartons ces tableaux : ces horribles images
N'auraient pas dû, peut-être, ensanglanter nos pages,

---

(1) Les troubles nouveaux qui viennent d'éclater récemment dans la Belgique, n'indiquent que trop quelle est la perfidie des rois, la profonde scélératesse des prêtres ; pour tout dire, en un mot, quel est *l'esprit de l'Eglise.*

Les déchiremens prolongés des départemens de l'Ouest, laissent apercevoir dans leur principe, des hommes grossiers, crédules, ignorans, séduits par des prêtres, et qui croyent sottement *qu'en se précipitant avec fureur devant des pièces chargées à mitraille, ils ne seront point atteints ; ou que, s'ils le sont, ils ressusciteront au bout de trois jours.* Cette persuasion les rendit tout à la fois courageux et terribles ! Rien n'est audacieux comme le fanatisme.

Cinq ans après, tout-à-l'heure, à l'instant même, quand le canon victorieux de la liberté devrait avoir dessillé tous les yeux, comme il a frappé toutes les oreilles, que voyons - nous dans la Belgique ? des Brabançons aussi stupides que l'étaient nos Poitevins, et qui croient, de leur côté, *que les sabres ne couperont point, et que les chevaux ne pourront galopper,* quand ils auront opposé à ces instrumens de guerre le bouclier sacré *d'un chapelet et d'un crucifix bénis !* O crédulité ! ô malheureux humains ! que ne sont-ils pas nés pour croire, ces malheureux Brabançons, qui ne doutent point que *des scélérats qui se font des stygmates au tour du col, avec de la poudre à tirer et de l'eau forte, sont des décapités sanctifiés que Dieu renvoie au monde, pour qu'ils marchent à leur tête !*

T.4

Le sarcasme piquant devrait seul s'y trouver ;
Mais d'un juste courroux qui peut se préserver ?
L'enjoûment trace un mot ; une larme l'efface,
Et l'indignation sur-le-champ le remplace.

Mais, au sein de Paris cet esprit comprimé
De plus doux sentimens paraît être animé.
A défaut de la force, il adopte la ruse ;
Il divise, il corrompt : le Christ est son excuse.
La sombre hypocrisie adoucit ses regards ;
Il cache ses poisons, ses flambeaux, ses poignards ;
C'est dans l'ombre qu'agit sa vengeance implacable,
Et du guichet sacré l'asyle impénétrable,
Qui pour le christivore eut toujours tant d'attraits,
Est l'arsenal terrible où se forgent ses traits.
C'est-là, que pénétrant les secrets des familles,
Divisant les époux et séduisant les filles,
Aux crédules dévôts prêchant l'amour des rois,
Le respect pour l'Eglise et le mépris des lois,
Les menaçant sur-tout des peines éternelles,
Ils portent à l'état des atteintes mortelles.
Eh ! malheur à l'Etat si, trop autorisés,
Ces arsenaux impurs ne sont bientôt brisés.

Le monstre, courroucé que sur son territoire
La paix osât régner au sein du Consistoire,

Voilà dans tous les temps, dans tous les pays, dans toutes
les circonstances, le génie infernal des prêtres et les moyens
atroces des rois ! Qu'importe que des milliers d'hommes périssent,
pourvu que l'erreur se propage, se répande, et que, produisant
un soulèvement universel, elle ramène à sa suite le trône et les
autels ! Pitt et l'Eglise, voilà, depuis dix ans, les auteurs de
tous nos maux, et nous les avons ménagés !

F

Qu'on fit au saint pastèur, au grand Gargarita,
Succéder Clopinel, *risible peccata*,
Frappe les conviés d'un esprit de vertige.
Le choix de Clopinel maintenant les afflige.
Du banquet, comme un autre, il était invité :
Mais l'esprit insinue avec malignité
Qu'un prêtre que l'on paie, à qui l'on fait l'aumône,
Est fait pour prier Dieu, pour exhorter au prône,
Qu'enfin c'est un valet sous un nom plus décent,
Et qui fait un métier pour gagner de l'argent ;
Qu'il ne peut, à ce titre, être admis à la table,
D'un corps constitué, si grand, si respectable !
C'est l'avis de Monchien : le président sourit...
A l'unanimité, Clopinel est proscrit.
Vers le lieu du banquet, avec concupiscence,
D'un pas précipité de Capellan s'avance.
L'odeur des mets le frappe : il ne se doute pas,
Qu'un esprit mal-faisant le sèvre d'un repas.
De quel effroi mortel sa grande ame est saisie !
Hélas ! on le reçoit comme un autre Sosie.
Heureux en cet instant si, loin du rendez-vous,
Son nez n'eût pas flairé le fumet des ragoûts.
Griffonet, plus humain, voyant sa triste mine,
Opine pour qu'au moins il dîne à la cuisine.
A la cuisine ! ô ciel ! c'est-là le *bis Mori* !
A ce nouvel affront, Clopinel jète un cri,
Lève les yeux au ciel et quittant les pirates,
S'en va clopin clopant gagner ses froids pénates.

Pendant que, sans songer au prêtre infortuné
A voyager sur mer par le sort condamné,
Qu'oubliant qu'il était l'instrument de leur gloire,
Les membres réunis du sacré Consistoire,

Sablaient maint rouge-bord en l'honneur de Bacchus,
Mangeaient, riaient, trinquaient et chantaient en chorus,
Que faisiez-vous alors, colombes gémissantes,
Du beau Gargarita dociles pénitentes ?
Hélas ! désespérant de sauver le pasteur,
Mais voulant consoler son jeune directeur,
Chez tous les bons dévôts, que son départ affecte,
L'une de vous, mes sœurs, faisait une collecte.
Oh ! comme on seconda ce louable dessein !
Avec quelle ferveur s'enfla l'heureux bassin !
Mais ces heureux tributs d'une sainte tendresse
Ne seront point, hélas ! rendus à leur adresse.

C'était pour expier un péché des plus gros,
Que Barbe allait quêtant chez tous les vrais dévôts.
Un jour... O tour affreux de l'ange de ténèbres !
(Ce jour est mis par Barbe au rang des jours funèbres !)
La curiosité la fait pour un moment,
Au temple de l'impie entrer furtivement.
O surprise ! de Dieu l'on chante les louanges !
Barbe se joint au chœur, se croit avec les anges :
Mais à certain *judas* placé secrètement,
Gargarita la voit, Gargarita l'entend !
Furieux, il se rend chez Barbe le jour même,
Et sur elle à grands flots prodigue l'anathême.
Envain, la pénitente embrasse ses genoux,
Rien ne saurait fléchir son superbe courroux.
Il n'est point de pardon pour son apostasie ;
Il part, et laisse Barbe éperdue et saisie,
Voyant déjà l'enfer ouvert pour l'engloutir,
La broche et les brasiers qui doivent la rôtir.
Vingt fois au noir guichet on voit Barbe confuse ;
Vingt fois dans sa fureur le pasteur la refuse.

F 2

Un seul expédient, heureux intercesseur,
Vint réconcilier Barbe et son confesseur.
Deux poulets tout bardés chez lui se présentèrent ;
Les portes de l'abîme aussitôt se fermèrent,
Et l'antique portier du céleste taudis
Entr'ouvrit à l'instant celles du paradis.
Deux poulets, comme on voit, réparèrent l'offense :
Mais péché pardonné n'exclud pas pénitence.

Tandis que, d'une part, on boit joyeusement,
Que, d'autre part, on pleure, on jase tristement,
Inspiré par l'esprit, certain prêtre à patente,
Au cygne de la croix va voir la présidente.
Il compose ses traits, il adoucit son ton,
Et dit : *Ave*, ma sœur, je m'appelle Croûton ;
Prêtre pour vous servir, sans peur et sans reproche ;
Et j'en ai pour garant, mon *Juigné* dans ma poche.
A ce nom révéré la dévote frémit ;
Du porteur de brevet elle baise l'habit ;
Lève les yeux au ciel, et de larmes amères
Baigne le confesseur de la foi de nos pères.
Le saint homme est modeste, et ne se vante pas
De tous les dons heureux qu'il déploye ici bas.
Pasteur infatigable, en ce siècle incrédule,
On le vit imiter un des travaux d'Hercule.
Par ce don prolifique il enrichit l'état,
Et sa vertu fut telle enfin, qu'un vieux prélat,
Jaloux de ses talens, de ce zèle exemplaire,
L'envoya dans Autun passer un séminaire.
Il continue et dit : J'ai, pour être curé,
Un bon brevet signé, contre-signé, timbré.
J'aspire à votre cure, et mon droit est notoire.
Femme du président du sacré Consistoire,

Vous gouvernez, dit-on, *Crux-Ave*, votre époux :
La cure est en vos mains : mon sort dépend de vous.
Je sais qu'un Clopinel, pauvre esprit, sotte espèce,
Doit, dimanche prochain, entonner la grand'messe :
Mais la priorité m'inspire peu d'effroi.
Un tel rival, ma sœur, est indigne de moi.
Si le mérite seul doit obtenir la pomme ,
Si par le caractère on doit juger un homme ,
Croûton à Clopinel ne doit que du mépris ;
Clopinel à Croûton doit remettre le prix.
Puis , reprenant le ton doux , moëlleux , affable :
Pour moi, ma chère sœur, quel plaisir ineffable
De pouvoir, par des soins constans et délicats ,
Dans le chemin du ciel vous guider pas-à-pas !..
A cette image heureuse et riante et fleurie,
Madame *Crux-Ave* se sent toute attendrie.
Sa vanité flattée et le plaisir si doux
De casser les arrêts de son auguste époux ,
Celui de figurer, de vivre dans l'histoire,
En imposant des lois au sacré Consistoire,
Tout l'émeut , la ravit, et pour son factoton,
L'illustre présidente admet soudain Croûton.
Tel jadis dans Eden se trouvant seul à seule,
Un serpent bel esprit séduisit notre aïeule.

L'œil rouge, le cœur gros, et le ventre affamé,
Dans son humble réduit Clopinel renfermé ,
Se livrait tristement à des pensers étranges ;
Il n'avait déjeûné qu'avec le pain des Anges,
Et le corps du bon Dieu, peu solide aliment,
En *caput mortuum* se résout aisément.
Notez qu'en cet instant le prêtre au front livide,
Ainsi que l'estomac, avait la tête vuide.

L'affront qu'il a reçu, le serment qu'il prêta,
Et l'exemple effrayant de saint Gargarita,
Tout porte à son cerveau d'incroyables vertiges ;
Et, soit réalité, soit force des prestiges,
Il est mourant, il meurt, il touche aux sombres bords ;
Son ame se dégage, abandonne son corps ;
Substance diaphane, elle voit sa coulisse
Comme un habit usé qui n'est plus de service.
Clopinel tout esprit (le cas étoit nouveau)!
Traverse le Cocite et le Stix en bateau,
Et bientôt, déposé sur les rivages sombres,
Gagne légèrement la demeure des ombres.
Là, sur le marbre noir d'un palais révéré,
Il lit en lettres d'or : ENFER RÉGÉNÉRÉ.
Soudain il aperçoit le Cerbère aux trois têtes ;
Les trois gueules du monstre à mordre toujours prêtes,
Représentent les grands, le trône, le clergé,
Et de ses attributs chaque chef est chargé.
L'un porte la couronne et l'autre la thiare ;
De plumets, de cordons le troisième se pare.
On lit dans leurs regards qu'ils vont tout dévorer :
Mais… Clopinel est prêtre ; ils le laissent entrer.
Dans cet affreux séjour, à ses regards avides,
De lugubres flambeaux offrent les Euménides,
Non celles dont parla la docte antiquité ;
Cet emploi, de nos jours, fut bien mieux mérité.
Tysiphone offre aux yeux les traits de Catherine ;
Mégère, d'Antoinette ; Alecton de Christine.
L'une du VINGT-QUATRE août agite le tocsin ;
L'autre porte du DIX un poignard à la main ;
Le bras de la troisième offre la mèche ardente,
Qui dans Lille embrâsé fut porter l'épouvante.
Clopinel se détourne : à son pas cahoteux

On le prend dans l'enfer pour le diable boiteux.
C'est toi, cher Asmodée ! eh ! par quelle merveille ?
Depuis quand, notre ami, n'es-tu plus en bouteille (1) ?
Vous vous trompez, messieurs, dit l'ombre avec fierté ;
Prêtre du Dieu vivant, ici-bas transporté,
Je ne suis point un diable, et c'est moi qui les chasse.
Mais le Ciel aux enfers a-t-il marqué ma place ?
Daignez m'en éclaircir. Que veut dire ceci ?
Pourquoi mon ame enfin se trouve-t-elle ici ?
Quoi ? moi, qui faisais Dieu, j'irais à tous les diables !
— Non. Ta place n'est point dans ces lieux redoutables,
Dit un des diabloteaux, et pour quelques mille ans,
Les limbes t'offriront un asyle céans.
— Le séjour des enfans qui sont morts sans baptême !
Mais je suis baptisé, messieurs ! confirmé même !
Je ne suis point enfant ; j'appartiens au Clergé ;
Je veux monter là-haut. — L'ami, tout est changé.
Les petits innocens ont tous pris la volée ;
Au Ciel on a placé leur troupe désolée.
Les limbes aujourd'hui sont l'hôpital des foux,
Où de grands innocens sont mis sous les verroux.
Tout prêtre christivore et tous autres sectaires
Qui crurent bêtement à tant de sots mystères ;
Mais sans persécuter, sans s'armer d'un poignard,
Dans l'hôpital des foux sont tous mis à l'écart.
Là, pour flatter leurs goûts, la chimère est placée ;
Là, sans cesse, à tâtons, cette foule insensée
Court, fléchit les genoux, s'agite, étend les bras,
Croit saisir la chimère, en veut faire un repas ;
Mais, nouveaux Ixions, ils embrassent la nue.
— Eh ! tandis qu'en ces lieux leur foule est détenue,

____

(1) Tout le monde connaît le roman de *Lesage*.

Les autres sont au Ciel ! — On peut les y compter ;
Il en est jusqu'à trois que je pourrais citer ;
Fénélon, las Casas, Ganganelli : peut-être
Y voit-on par hasard encor quelqu'autre prêtre (1) ;
Mais, hélas ! c'est si peu ! le nombre en est si clair !
Les saints de la légende habitent tous l'enfer :
— Que me dites-vous là ? du docteur d'Antioche
L'ame éternellement tourneroit à la broche (2) ?
Le père du Rosaire habiterait ce lieu (3) ?

---

(1) Vincent de Paul, par exemple. Respect et reconnaissance aux bienfaiteurs de l'humanité !

(2) Jean Chrisostôme (*Bouche d'Or*). Dans les faits et gestes de ce grand saint , et qui sont on ne peut pas plus édifians , les faiseurs de légende , ont oublié de nous dire qu'il fut l'auteur du massacre d'Antioche. Le *pieux* Théodose , qui avait le malheur d'aimer l'argent et qui, en conséquence, accablait le peuple d'impôts , s'étant avisé d'en mettre un très-rude sur cette ville, le peuple , dans son désespoir , osa briser une statue du soldat , père de son auguste maître. *Bouche-d'Or* fulmina contre ce *sacrilège détestable*, et alluma si bien la colère de *l'image de Dieu,* que cette *image* donna ordre de faire périr les séditieux par le glaive , le feu, et sous les coups de cordes , armées de balles de plomb. L'Oronte ne porta que des cadavres à la mer pendant plusieurs jours.

On sait que *l'image* fit ensuite massacrer quinze mille de ses *sujets* à Thessalonique : mais elle se dispensa d'aller à la messe par esprit de pénitence ; car ce prince était pieux , clément et sensible. Aussi, on en fit un grand saint !

(3) Saint-Dominique fut le fondateur des mendians Jacobins, et le créateur du Rosaire. Sa mère , étant enceinte de lui , rêva qu'elle accoucherait d'un dogue. Les doctes prétendirent que ce rêve annonçait que l'enfant serait la lumière de l'Eglise , parce qu'il y a un rapport singulier entre un dogue et une lumière. Le dogue fit égorger 40,000 albigeois.

Et

Et le grand saint Louis cuirait au pot au feu !
—Bon ! l'enfer n'est plus tel que l'ont peint vos Lévites:
Ces énormes fourneaux, ces immenses marmites,

Le diable et Dominique étaient grands amis. Ils vivaient familièrement comme un moineau franc et un jeune chat ; élevés de compagnie. On lit dans la vie du Bienheureux, qu'un jour ayant appellé le diable pour jouer avec lui, celui-ci parut en oiseau, et vint se percher sur l'épaule du saint. Dominique le prit, le pluma et puis lui donna la volée. Dans une autre occasion, le saint, occupé à lire, prit de l'humeur, en voyant les niches de son camarade, qui gambadait autour de lui, soufflait sa chandelle, et faisait mille singeries.

Puisque tu éteins ma chandelle pour ton plaisir, lui dit-il, *tu la tiendras pour le mien, jusqu'à ce que j'aye fini ma lecture.* Le diable obéit, et la chandelle étant venue à sa fin, brûla le chandelier, qui fut obligé de se laisser rôtir les griffes, mais en jurant comme un diable, attendu que n'étant point fait à la chaleur de nos chandelles, le suif bouillant lui semblait plus insupportable que le feu d'enfer ; voyant enfin qu'il n'avait pas beau jeu, le diable prit la ferme résolution de devenir honnête-homme. Il fit une confession générale aux pieds du bourreau des albigeois. Celui-ci le trouva si contrit, qu'il promit de lui donner l'absolution, après quelques jours d'épreuves. Malheureusement, cette conversion, qui pouvait faire beaucoup d'honneur à Dominique, n'eut pas lieu.

Encore un trait de la vie du saint :

Un jour il fut enlevé au ciel, et parut devant le trône de Dieu. Ne voyant aucun jacobin dans le séjour céleste, il se mit à braire. Un ange sensible à ses larmes, le consola et lui dit : ne pleure plus, mon camarade ; suis-moi, je vais te montrer de belles choses. Ils avancèrent près de la Sainte-Vierge ; l'ange leva le jupon de Marie, et lui montra une multitude de jacobins qui y étaient cachés. La Sainte-Vierge aimait tellement les jacobins, qu'elle les aurait mis dans sa chemise. (*Ar. Mol.*)

G

Ces broches à rôtir, ces grils volumineux ;
Et ces vastes réchauds ne sont plus en ces lieux.
Un jour tout fut vendu sur enchère publique
A quelques fournisseurs de votre République ,
Dont le vaste estomac, avide d'alimens ,
Pour les cuire a besoin de ces grands instrumens.
L'enfer n'offre aux méchans que de nouveaux supplices.
Saint Pierre, dans le Stix, pêche des écrevisses.
En *assa fœtida* saint François est dissous (1) ;
Les moines, la plûpart, sont tous changés en loups.
Transformé pour mille ans, près de Vaubernier-Lange,
Louis-Quinze en pourceau se vautre dans la fange.
Les grands sont, par corvée, occupés aux travaux.
Philippe de Pluton étrille les chevaux ;
Le rusé Saint Bernard, à son tour, sert de roue
Au char de Belphégor, qui du moine se joue. (2)

-----

(1) François d'Assise , le père des quatre Mendians. Ses sales enfans l'appellent *la plante des pieds des capucins*. Cette plante , dit un auteur, mérite d'être mise dans la classe de *l'assa fœtida*. Les allemands appelle cette gomme : *stercus diaboli* ; ce qui convient parfaitement aux *révérends indignes*. Comme chacun a son goût dans ce monde , les Perses et tous les Asiatiques appellent cette résine *le manger des Dieux*. Les indiens en mangent familièrement , et y trouvent un parfum et un goût exquis , ce qui semble devoir excuser un peu ceux qui aiment *la bonne odeur des capucins*.

(2) Saint-Bernard étant un jour en route sur une charrette , un diable s'avisa d'en casser la roue, et de faire culbuter ce saint homme : mais celui-ci , irrité de l'audace , ordonna à Satan de plier son corps en forme circulaire , de se mettre à la place de cette roue , et de l'aider à le conduire ainsi au lieu de sa destination. Voilà les contes bleus dont on pare la légende dorée. Ouvrez la *Medulla vitæ Santi Bernardi*, *édit. Antuerp. an.* 1653, *in-4°*. vous y lirez cette anecdote , et vous y verrez l'estampe édifiante qui retrace ce grand événement.

Tous vos lourds parvenus, aux rapides wiskis,
Sont, en chevaux de poste, au mors assujettis.
Vos beautés sans pudeur, vos laïs demi nues,
Dont l'aspect fait rougir les Grâces ingénues,
Se changent, en enfer, en de laides guenons,
Dont le cynisme effraye et singes et démons ;
Et les déprédateurs, ces modernes sisyphes,
Qui donnent, pour de l'or, des comptes apocryphes ;
Loin de tous les regards, séquestrés en un coin,
Vivent de cuir, de fer, et d'étoffe et de foin.
Ces alimens sont durs ; les coquins les digèrent.
Tous nos prédécesseurs, disent-ils, en mangèrent.
Mais ils ne disent pas, ces gloutons financiers,
Qu'ils mangent dix fois plus que tous leurs devanciers.

L'ombre ouvrait de grands yeux, si tant est que les ombres
Conservent leurs cinq sens dans les royaumes sombres.
Ce pays, dit le diable, est bien civilisé.
En vingt départemens l'enfer est divisé :
Département des rois ; département des papes ;
Département des grands, gouverneurs et satrapes ;
Des moines ; des curés ; des nones ; des prélats...
— Quoi ? monsieur ! vous avez des nones ici-bas ?
— Parbleu ! sainte Chantal est là qui, pour ses œuvres,
Foule aux pieds ses enfans, allaite deux couleuvres.
Louise que Louis un soir émancipa,
Sans fin berce l'enfant qu'elle eut de son papa,
Et tant d'autres enfin !...— Eh ! dites-moi, mon frère,
Dans le département des successeurs de Pierre
S'en trouve-t-il beaucoup ?—Ils y sont presque tous.
Pour tempérer leur bile et leur orgueil jaloux,
On les dépouille nus, et tous nus on les place
Pour quelques trois mille ans dans des bains à la glace.

G 2

-- Dans des bains à la glace ! ô ciel ! quoi ? saint Urbain !
Saint Clet, saint Anaclet !--Ces messieurs sont au bain.
Le bienheureux Zozime et le grand saint Grégoire,
Dieu-donné, Léon X!.. -- Ils sont dans la baignoire.
Ce régime est prescrit à ces mouphtis bouillans,
Et celle de Braschi l'attend depuis dix ans,
L'ombre, à ces derniers mots, se soulève, s'indigne,
Et machinalement le bon prêtre se signe.
A ce saint mouvement tout disparait soudain ;
Il ne reste pas plus d'enfer que sur la main ;
Et l'ame que ce signe au galbanon dérobe,
Pour quelque temps encor reprend sa vieille robe.

Il luit enfin ce jour marqué pour la douleur,
De jours plus désastreux funeste avant-coureur,
Où, marmotant tout bas d'étranges patenôtres,
Le troupeau consterné des modernes apôtres
Va gagner Rochefort, puis traverser les mers,
Pour aller convertir un nouvel Univers.
Le fier Gargarita s'efforçait de sourire ;
Tu daignes m'accorder la palme du martyre,
Disait-il, ô mon Dieu ! voyage plein d'appas !
Gargarita pourtant enrageait, mais tout bas.
De plus, à ses besoins la somme destinée
Aux Consistoriaux par Barbe fut donnée ;
Mais... l'entretien du culte exige certains frais...
Le service avant tout ! le reste vient après.
Certes, l'intention ne peut être suspecte ;
Mais enfin le pasteur partit sans la collecte (1) ;
Il faillit même, hélas ! abandonner Paris,

----

(1) Gargarita a trouvé moyen d'escamoter le grand voyage. Il
s'est esquivé en route. On le dit à 3 myriamètres de Paris, et
on ajoute, que les dévots s'y rendent en pélerinage, pour visiter
le glorieux confesseur.

Sans fixer d'Alizon les regards attendris ;
Mais, soit pressentiment, soit plutôt sympatie,
De ce brusque départ Alix est avertie.
Elle ne goûte plus les charmes du repos ;
Si sur elle Morphée étend quelques pavots,
Elle rêve de chats... trahison manifeste !
Veut-elle déjeûner ? O science funeste !
Dans du marc de café, cherchant son triste sort,
Elle voit un vaisseau prêt à sortir du port.
Le plomb offre à ses yeux des vagues irrités ;
Des calottes au loin par les flots emportées.
Le mystère de l'œuf est aussi consulté,
Et punit aussitôt sa curiosité :
Mais il lui reste encore de plus doctes pancartes,
Pour dernière ressource... elle tire les cartes.
A la plus près du pouce elle donne le choix ;
Et, comme il est d'usage, elle mêle trois fois.
Le dix de carreau sort... On sait que c'est *voyage*.
Un neuf, un sept de pique !.. O dieu ! *mort et naufrage !*
La gouvernante en pleurs jette le livre au feu,
Et court à son amant dire un dernier adieu.
Profite, tendre Alix, des momens qui te restent !
Ton amant va partir ; car les cartes l'attestent.
Du sentiment commun ne va pas t'écarter ;
Les cartes disent vrai : garde-toi d'en douter.

Si de hardis censeurs, condamnant notre joie,
Croyaient tous ces détails faits pour MA MÈRE L'OIE,
Nous leur répondrions sans feinte, sans détour,
Que tous ces grands moyens sont à l'ordre du jour.
Des terreins de Lancry l'on connaît la Sybille !
Tant d'autres qu'on consulte, et qui vont même en ville !
Dans trente-deux cartons, de deux couleurs empreints,
La sagesse éternelle a tracé nos destins.
De nos vastes projets, le succès authentique

Dépend de la sortie ou d'un cœur ou d'un pique.
O ! comme un as de trèfle, un huit, un neuf de cœur,
Portent dans tous nos sens l'ivresse du bonheur !
Aussi, chez la Pithie on accourt d'une lieue,
Sans rougir, à sa porte, à la file on fait queue.
Abandonnant et bal, et sallons, et boudoir,
Nos femmes du bon ton s'y rendent vers le soir,
Et maint ambitieux qui redoute un obstacle,
Lui-même, *incognito*, va consulter l'oracle.
Dans ce siècle éclairé, l'on croit aux revenans,
Et nous croirons bientôt... même aux enchantemens.
Dans nos romans nouveaux, que trouve-t-on? des diables
Au théâtre ? L'enfer et ses feux incroyables.
Oui, l'enfer parmi nous se trouve transporté ;
Plus d'un diable inconnu marche à notre côté.
L'enfer de Clopinel n'est donc plus un mystère ;
Il ne peut être là, puisqu'il est sur la terre.
Mais pourquoi dans nos mœurs ce changement soudain?
Observez ! calculez ! Rien ne se fait en vain.
D'un être de raison, ces portraits pitoyables,
Ces spectres, ces bûchers, ces enfers et ces diables,
Ces horoscopes vains, et ces illusions,
Ramènent les Français aux superstitions.
La superstition amollit le courage,
Et, bientôt, par dégrés, conduit à l'esclavage.
Le trône pour renaître a besoin de l'autel,
Et l'autel près du trône enfin est immortel.

Vous qui, d'un goût bisarre, à notre inconséquence
Attribuez tout bas l'étonnante existence,
Attachez vos regards sur ce voile emprunté,
Et des plus grands desseins perçant l'obscurité,
Voyez dans ces tableaux qu'applaudit la sottise,
Le doigt du royalisme et l'esprit de l'Eglise.

CHANT QUATRIÈME.

ARGUMENT.

*La lessive des Christicoles. Orgie chez CRUX-AVE,
Croûton y est nommé Curé. Il baptise. Rixe entre Clopinel et Croûton. Sortie vigoureuse du parrein. Clopinel
reçoit ordre de sortir de son logement. Les fidèles sont
convoqués pour nommer un Pasteur. Clopinel défend
ses droits. Combat dans l'Eglise. La paix est rétablie
par le Commissaire de Police.*

LUCRÈCE le pensait ; il l'a dit dans ses vers :
La crainte imagina le Dieu de l'Univers (1),
L'homme, en créant ce Dieu, le fit à son image,
Le maître des humains fut cruel et sauvage.
Pour un fruit défendu, sans pitié condamnés,
Nous fûmes à rôtir, en naissant, destinés,
Si nous sommes ses fils, Dieu n'est pas un bon père !
Un être de bonté se met-il en colère ?
N'allons pas plus avant : dans ces sanglantes lois,
D'un prêtre criminel on reconnaît la voix.

---

(1) *Primus in orbe deos fecit timor.*
      (*De rerum naturâ.*)

Hahsmodaï cependant est facile à combattre. (1)
Prenez de l'eau, du sel, puis fendez l'air en quatre;
Aspergez le marmot sur le chignon du cou ;
L'esprit malin décampe et fuit je ne sais où.
L'esclave réprouvé soudain devient un ange,
D'où vient cette coutume? Elle nous vient du Gange.
Aux champs de l'Orient l'imagination
A son aide appela l'heureuse fiction,
Prescrit pour la santé, le bain devint un culte.
C'est toujours le climat que le Sage consulte.
Les hommes réunis sous un ciel dévorant
Firent des eaux du fleuve un usage constant.
Un sot imagina que des eaux toujours pures
Devaient aussi de l'ame effacer les souillures.
Il créa le baptême; et, des Egyptiens,
La sainte immersion passa chez les Chrétiens.
Ils ont tout emprunté, ces pauvres Christicoles,
Tout volé sans pudeur aux peuples agricoles (2) !

(1) Le même qu'Asmodée, qui se nommait aussi *Chammadaï* ; il était, dit-on, roi des Démons. Ce fut lui qui tordit le cou aux sept maris de la belle Sara. Le livre de *Tobie* nous apprend que c'était par jalousie, vu qu'il était amoureux de cette belle Juive. *Oti daimonion philei autein.* Cet Hahsmodaï était, dit-on encore, l'ancien serpent qui avait séduit Eve, ce qui nécessita l'institution du baptême. Il fut enchaîné par Gabriel, dans une grotte en Egypte. On coupe ce serpent par morceaux, et, sur-le-champ, tous les tronçons se rejoignent. Il n'y paraît pas. Ne serait-ce pas le grand serpent sorti du pied de la colonne de Pompée, le jour de l'entrée triomphante de Bonaparte à Alexandrie, et qui resta desséché sur le socle de la colonne !

(2) Le premier culte des hommes fut le culte agricole. Les *prêtres*, (les vieillards) consacraient leur vie à l'instruction des causes de la nature. Le culte, les dogmes, la Liturgie répondaient à l'économie rurale et au bonheur de la vie civile.

Leur

Leur Christ(1), leur Dieu-Soleil(2), et le pain et le vin, (3)
Et leur déesse Isis et leur pigeon divin (4).

---

(1) *Christ-na* ou *Christ-nen*, dieu des Brames, naquit le 25 décembre, 3104 ans avant l'ère vulgaire. Il fut nommé le sauveur et le rédempteur de la terre.

Depuis la nuit des siècles, on célébrait la mère des nuits, et *cette mère des nuits* était aussi *la nuit des mères*, puisqu'elle avait donné naissance, non-seulement à Christ-na, mais encore à Brama, (le même qu'Abram ou Abraham; à Adonis, Dieu-soleil des Egyptiens, qui naquit à Bel-éem, et dont on fit *Adonaï*, à Sommonacodom, dieu des Siamois; à Mitras, dieu des Romains,) etc.

(2) Bacchus, quoique révéré spécialement comme le dieu des vendanges, était sous ce nom et sous beaucoup d'autres épithètes, considéré comme le Soleil.

Les Parsis le célébraient sous le nom de Mitras. Sa fête appartenait au solstice d'été. On promenait processionnellement son image avec l'auréole, qui désigne le soleil, et on jetait sur les pas de l'âne qui, d'un pas grave, portait son simulacre, des fleurs et de la verdure. Cette promenade de Bacchus sur son âne, était la procession de la Fête-Dieu, de la plus ancienne Grèce.

On conviendra que la nôtre lui ressemblait singulièrement. Nos tapisseries de verdure étaient l'image des champs; le Dieu-Soleil y paraissait en personne; et le plus souvent, un âne, marchant gravement sur des tapis de fleurs, y portait le fétiche de pâte.

(3) Les prêtres de Bacchus lui offraient le pain et le vin comme ses propres substances, parce qu'il les procurait aux hommes. Dans le culte de *Pan* ou *Panis* on offrait également le pain qui était symboliquement considéré comme Dieu lui-même.

(4) Isis, la même que Marie. Observons d'abord que Marie était le nom de la mère de Sommonacodom, ou *le ciel incréé*. Elle s'appellait *Maha Maria*, (la grande Marie), et cette Marie était une fleur qui était née d'un nombril. Le mot *fleur* était l'emblème de la virginité conservée, malgré l'enfantement. Quant au nombril, c'est l'emblème de la nature. Isis, dans les

H

Contre eux l'antiquité réclame à plus d'un titre

processions de l'Egypte, était représentée sous la forme d'un vase fait en nombril.

Observons encore que ce nom était celui de Cybèle, (la Terre) qui développe les germes et produit les différents fruits. Elle se nommait *Maïra* ou *Maria*, chez les japonnais. On voit que les mères des différens dieux portaient le nom de *Maria*.

Voyons ensuite quels rapports sa fécondité, occasionnée par le Saint-Esprit, sous la forme d'une colombe, peut avoir avec les emblêmes en usage dans l'antiquité.

Nous ne citerons point Jupiter qui, sous la forme d'un cygne, féconde la femme de Tindare, sur les bords de l'Eurotas, dans les eaux duquel elle venait de rafraîchir ses attraits, ce qui a donné lieu au joli couplet qui finit par ces vers :

> *Et le beau cygne de Léda*
> *Vaut bien le pigeon de Marie.*

Léda mit au jour deux œufs, un peu gros, sans doute, puisque l'un contenait Hélène et Clitemnestre; et l'autre, Castor et Pollux : mais comme Marie fut vivipare, et ne mit au monde qu'un enfant ; que d'ailleurs, un cygne n'est point un pigeon, nous ne prétendons point demander acte de l'espèce de conformité; nous avons d'autres moyens moins équivoques, et par conséquent plus victorieux.

La colombe fut, de toute antiquité, empreinte sur la poitrine d'Isis, pour figurer la Nature fécondée. Il y avait peu de chemin à faire pour transformer le pigeon en Saint-Esprit, et la déesse Isis en Marie, Vierge féconde. Poursuivons. Jupiter, sous la forme d'un pigeon et sous le nom d'*Iou-pigeoux*, était présenté chez les phéniciens sur le sein de *Venus-Athir*, nature vierge, mais féconde. Cette *Venus-Athir*, la même qu'*Isis*, désignait le monde archetype, intellectuel et sensible. Elle était réputée mère de *fidius semi-pater*, l'ame du monde, qu'on dépeignait souvent comme un enfant, pour marquer la jeunesse éternelle de l'Univers.

On découvre aisément dans Venus-Athir, nature vierge, mais féconde, la mère de Jésus et dans son fruit, le *fidius semi-pater*, enfant.

La chappe, la thiare, et l'étole et la mitre (1).
Ils volèrent de Pan le bâton recourbé (2),
Et le baptême aussi par eux fut dérobé.
On décrassa notre ame à la source d'eau vive,
Comme un linge sali qu'on met à la lessive.

Les Grecs ont conservé l'entière immersion ;
Les latins ont admis la simple aspersion.
D'abord, on baptisa l'homme au déclin de l'âge ;
Le baptiser enfant, à coup-sûr est moins sage.
Prêtre ! réfléchis donc qu'il est né d'aujourd'hui !
Que, pour décrasser l'ame, il faut mouiller l'étui ;
Que l'enfant est martyr de ta folle coutume ;
Et que, si jeune encor, ton baptême l'enrhume.

Dans ce siècle éclairé par tant d'écrits savans ,
L'eau sainte a conservé ses obscurs partisans.
Il n'est, même à Paris, enfant de bonne mère ,

____

(1) L'*hyérophante* ou prêtre d'Isis , était nommé *pope* , père.
De pope , on fit pape, et on habilla ce pape précisément comme
le prêtre d'Isis , ou plutôt comme Isis elle - même. Isis portait
la chappe , l'aube , l'étole et la thiare. Cette thiare , composée
de trois couronnes , se rapportait aux trois saisons orientales,
aux trois soleils de l'année, et désignait qu'Isis régnait sur toute
la nature. Les vicaires de Christ n'avaient garde d'oublier cet
ornement symbolique.

Mitras était coëffé d'une *mitre* , les évêques prirent le couvre-
chef de Mitras.

(2) C'était le bâton pastoral, chez les agricoles , et qu'avaient
également adopté les rois d'Orient. On voit dans l'Iliade qu'A-
chille , Ulisse, Ménélas , Agamemnon , avaient des sceptres de
leur hauteur.

La crosse et la mitre étaient aussi en usage chez les prêtres de
Vénus-Mitraü et en Chypre ; chez les déservans d'Adonis.

Qui n'aille à la piscine, et qu'on ne régénère.
Le nouvel enrichi, qui ne croit point en Dieu,
Veut de monsieur son fils que le baptême ait lieu.
Il est vrai que l'enfant ne va point à l'église ;
Sur un beau marbre noir la nape blanche est mise ;
Un vase de vermeil contient le bain sacré ;
Dans la salière d'or le sel est préparé.
Le mage est introduit ; il prie, il exorcise,
Chasse l'esprit impur, sale, verse et baptise.
Monseigneur est chrétien ! Madame jette un cri ;
Midas fixe sur elle un regard attendri.
Le jongleur bien payé, qui du palais s'échappe,
De la sainte famille, en sortant, rit sous cape.
— Au temple du Saint Diacre un enfant nouveau-né,
Pour devenir chrétien devait être amené.
Le prêtre Clopinel dévorait cette aubeine.
Il connaissait, d'ailleurs, le père et la marreine,
Et sur leur opulence il calculait ses droits...
Qui compte sans son hôte, hélas ! compte deux fois,
Madame *Crux-Ave*, s'assurant la victoire,
Prétend que dans sa chambre on tienne Consistoire.
A ses ordres précis, se conformant soudain,
Chacun de sa demeure arpente le chemin.
En entrant dans la salle, ô plaisir ! ô surprise !
Le cortége dévot trouve la nappe mise.
Un pâté de jambon fixe tous les regards ;
Le vin mérite bien aussi quelques égards,
Vingt flacons de Bordeaux, dispersés sur la table,
Offrent aux conviés un coup-d'œil agréable.
Ces messieurs sont confus d'un si brillant accueil ;
On prend place, et madame occupe le fauteuil.
D'abord, on boit un coup, on mange, et puis l'on cause ;
Le départ du curé sert de texte à la glose.

Clopinel, à son tour, est mis sur le tapis.
Messieurs, dit la dévote, il est curé. Tant pis !
Baal est triomphant. Si l'on m'eût consultée,
Cette affaire eût été mûrement discutée ;
Mais monsieur *Crux-Ave* ne m'en dit pas un mot.
D'abord, ce Clopinel, on le sait, n'est qu'un sot ;
Je dirai plus, messieurs, Clopinel est un traître,
Un parjure, un relaps, et vous l'allez connaître.
Il trouve aussi moraux, aussi beaux qu'un sermon
Ces libelles affreux, ouvrage du démon,
Dont aux gens de son culte un maudit hérétique
Fait tous les décadis la lecture publique.
Le fait est avéré ; j'en ai l'avis formel.
A ces mots on cria haro sur Clopinel (1).
Contente du début, l'auguste présidente
Agite la sonnette, et Croûton se présente.
Chrétiens ! je pense à tout. Voilà votre curé.
Tenez, baisez la main qui vous l'a procuré.
C'est un pasteur instruit, *un bon prêtre*, un saint homme,
Connu par ses vertus, très-bien en cour de Rome,
Et qui de l'archevêque en poche a les pouvoirs.
A l'heureux protégé chacun rend ses devoirs.
En sablant le bordeaux, l'affaire est arrangée,
Et la cure à Croûton bientôt est adjugée.
On arrête de plus, que, contre Clopinel
On lancera l'arrêt d'un congé bien formel.
De sa sotte présence, amis, qu'on nous délivre !
Que l'huissier Grifonnet se charge de poursuivre.

Muse, reprends ton vol. Au séjour des éclairs
Perce à travers la nue et plane dans les airs.

---

(1) *A ces mots, on cria haro sur le baudet.*
LAFONTAINE. (*Les animaux malades de la peste.*)

De grands événemens se préparent dans l'ombre ;
Nous verrons des combats et des exploits sans nombre.
Deux superbes rivaux, l'un contre l'autre armés,
Et du fiel des élus l'un et l'autre animés,
Vont dans le temple saint, sans peur, entrer en lice,
Opposer Christ à Christ, et calice à calice.

Mais déjà le jour luit. Déjà le magistrat,
D'un enfant qu'on présente, a constaté l'état.
Au pied de l'escalier, deux grimauds, rats d'église,
Viennent dire tout bas : *Voulez-vous qu'on baptise* (1) ?
Dans le temple, en effet, le cortége se rend.
Eh mais . . . dit le parrein, que la marche surprend,
Qu'allez-vous chercher là ? l'antre de Poliphême ?
M'avez-vous fait venir ici pour un baptême ?
Je hais les charlatans et leur culte imposteur ;
Je suis bon citoyen : pour chrétien, serviteur.
On parvient à calmer cette brusque folie ;
Par bonheur la commère était jeune et jolie ;
La parure ajoûtait encore à sa beauté ;
Même on voyait briller sur son sein agité
Cet emblême touchant, cette croix révérée,
Que là, comme a dit Pope, un juif eût adorée.
Grâce aux effets heureux d'un saint apostolat,
La croix a, de nos jours, repris tout son éclat.
Chaque matin l'orfévre en vend quelques douzaines ;
Pour les départemens il en fait par centaines,
Des femmes du commun cet antique agrément

---

(1) Cette question se faisait en effet à la porte de l'administration. Deux valets d'église vous demandaient : *Voulez - vous
faire baptiser !* comme un abboyeur vous demande à la sortie du
spectacle : *Voulez-vous un carosse !*

Fait des Belles du jour le plus cher ornement,
Chacune veut au cou porter cet heureux type,
Et la sale beauté du jardin de Philippe,
Qui de toute pudeur aux pieds foule les lois,
A sur son sein flétri l'image de la croix.

On s'avance à pas lents vers les fonts du baptême ;
Le favori des Dieux s'apprête à l'instant même
A frayer au marmot le grand chemin du Ciel,
Quand le diable à l'église amène Clopinel.
Nul présage n'émeut son cœur vraiment sublime.
Clopinel est trop grand pour soupçonner un crime.

Tel, dans les bras de Mars apercevant Vénus,
Vulcain, nous dit Homère, était sot et confus.
Tel paraît Clopinel, et sa tête percluse
Semble avoir rencontré la tête de Méduse.
Il recouvre la voix, et, grossissant son ton,
En ces termes soudain apostrophe Croûton :
A baptiser ici, coquin, qui t'autorise ?
De quel droit, insolent, viens-tu dans mon église
Remplir mes fonctions ? voler mon casuel ?
— Voler ! Me prends-tu donc pour quelque Clopinel ?
— Qui te rend si hardi de chasser sur mes terres ?
— Ces terres, avant peu, te seront étrangères.
— C'est toi qui dans l'instant vas déguerpir d'ici !
Ne suis-je pas curé ? — Soit ! Je le suis aussi.
— Curé ! Qui t'a nommé, scélérat ? — La Victoire.
— Apprends que je le suis du fait du Consistoire.
— Lui-même m'a choisi. — Toi ! — moi. — Vil imposteur !
Reçois le châtiment qui convient au menteur.
Clopinel à ces mots, le poing levé, s'avance.
De son côté Croûton, le poing fermé, s'élance.

L'auditoire est forcé de mettre le holà ;
Et, malgré le malin, la chose en reste là.
Mais de loin fièrement nos deux champions se toisent ;
Les éclairs de leurs yeux se répondent, se croisent.
Tels après le combat, deux bouldogues hargneux,
Grondent, grincent les dents, et se mordent des yeux.
Pour punir d'un rival la brusque tentative,
Croûton veut, lui présent, achever sa lessive.
Par le sort en courroux, ce plan est dérangé.
Triomphe, Clopinel ! Tu vas être vengé !
Le saint prêtre au parrein dit, suivant l'ordinaire,
Dites votre *credo*. — Comment donc ? Pourquoi faire ?
— C'est l'usage. — L'usage ! A quoi bon ce *credo* ?
L'enfant en vit-il mieux ? En fait-il mieux dodo ?
Je ne l'ai jamais su d'ailleurs. Je le supprime.
Mais dites-le pour moi ; je vous donne un décime.
Je suis trop complaisant ! Cela prouve, entre nous,
Par *A*, plus *B*, moins *C*, qu'on heurle avec les loups,
De ce discours impie, et tenu dans l'église,
On sent qu'étrangement Croûton se scandalise.
Il se tait cependant, ménage l'orateur,
Avalle la pillule, et l'offre au Créateur.

Du nom de cet impie, (ainsi le veut la forme
Puisqu'il est le parrein,) le saint prêtre s'informe.
Mon nom ! dit celui-ci : Vous ne le saurez pas.
De cette jonglerie à la fin je suis las.
Blanchissez, savonnez, puisqu'on vous laisse faire ;
Mais mon nom respecté ne fait rien à l'affaire.
Eh ! mon dieu ! dit Croûton, que veut dire ceci ?
On n'est donc pas d'accord ! Pourquoi venir ici ?
Je ne peux sans cela remplir mon ministère,
Et l'enfant va rester sans extrait baptistaire.
— Voyez

— Voyez le grand malheur !... Imposteurs indiscrets !
Vous jouez, on le voit, fort bien des gobelets :
Mais le temps est passé ; redoutez la cascade.
On a, depuis long-temps, vu sauter la muscade.
Il dit et sort du temple (1). A la file on le suit.
L'opérateur Croûton reste tout interdit.
Ce début lui parait d'un sinistre présage ;
En entrant dans la lice, il perd déjà courage.
Clopinel triomphant, tout bas rend grâce à Dieu
Du scandale imprévu donné dans le saint lieu...
Frémis, prêtre insensé ! la vengeance s'apprête,
Et la foudre en éclats va fondre sur ta tête.
Rien de ses coups mortels ne peut te garantir.
Frémis ! dans des flots d'encre on veut t'anéantir.
Le monstre aux doigts noircis, l'indomptable chicane,
Jusques sur ton grabat porte sa main profane ;
Et de l'humble réduit où tu vis sans penser,
Un exploit vigoureux va bientôt t'expulser.
En effet, Clopinel reçoit en sa demeure
Ordre de déguerpir, vider les lieux sur l'heure ;
Si mieux n'aime se rendre au tribunal de paix,
Pour se voir condamner à tous dépens et frais.
Au saint prêtre Croûton, chargé du ministère,
L'Eglise doit au moins fournir un presbytère.
Le réduit, il est vrai, dont on veut disposer,
Appartient au domaine, et c'est beaucoup oser !
Mais qui peut contester les droits d'un Consistoire ?
Consistoire ! ce nom rime avec Directoire.
Comme lui, pour le culte, il est national ;
Il porte l'encensoir et marche son égal.

____

(1) Cette aventure vient d'arriver au temple de la Victoire,
ci-devant Saint-Sulpice.

I

Si l'un régit l'état, l'autre régit l'Eglise, (1)
L'Eglise militante est tout, quoiqu'on en dise.
Hors l'Eglise, on le sait, il n'est point de salut.
L'univers idolâtre est fait pour Belzébuth.

____

(1) Il est certain que les prêtres n'ont pas cessé de faire un Corps séparé dans l'Etat ; il est certain que l'Eglise est encore aujourd'hui une *Puissance*, et une puissance d'autant plus dangereuse, que les prêtres règnent par l'opinion.

Une poignée d'imbécilles qui se décorent du titre pompeux d'*administrateurs*, sollicite encore aujourd'hui l'ouverture du temple de la discorde. R'ouvrir cet antre, fermé par la *nécessité*, ce serait alimenter la guerre que les prêtres se font entre eux, et qui entretient une lutte dangereuse entre des hommes faibles, crédules, mais divisés par des nuances légères sur les opinions religieuses. Eh ! ne devons-nous pas être las des dissentions intestines !.. Chaque parti solliciteur se dit l'ami de la république. *Risum teneatis amici !* Un culte fondé sur l'erreur, ami de la vérité ! une religion persécutrice, qui ne s'étend que par la domination, amie de la liberté !.. *Credat Judæus appella.*

Ces mêmes solliciteurs n'ont-ils pas poussé la démence jusqu'à concevoir le projet incroyable de faire rétablir, *aux frais de l'administration municipale*, le chœur du *temple de la vieillesse*, dans le même état où il se trouvait avant les changemens indispensables pour la célébration des fetes décadaires ! Ils se croyaient donc une puissance !

Leurs confrères ne voient-ils pas chaque jour, dans des édifices *qui ne leur appartiennent pas*, les statues des sages dont les écrits ont jeté les fondemens de la république, et celles des héros qui l'ont illustrée ? Ils ne sont donc pas les amis de la république !

Les temples nationaux ne sont-ils pas constamment décorés des signes du culte catholique, tandis que les emblêmes de la liberté n'y figurent que pendant quatre heures de chaque décade, et semblent n'y être tolérés que par faveur ?.. Au mépris de la loi

Pour finir, s'il se peut, ces terribles querelles,
Un avis dans le temple appelle les fidèles.
Qu'ils s'y trouvent nombreux le dimanche suivant
Pour y délibérer sur un fait important!
Rien de plus; en public, le tout est lettre close :
Mais, tout bas, à l'oreille, on se conte la chose.
De l'objet du congrès chacun est averti;
Pour l'un des deux rivaux, il faut prendre parti.
De nombreux escadrons d'amazones guerrières,
Se rendent, en bon ordre, au temple des prières.
Par un *vauban* nouveau, là, deux camps sont tracés,
Et d'une et d'autre part, de chaises renforcés.
D'un côté de la nef, on voit les Croûtonnistes ;
De l'autre, fièrement sont les Clopinellistes.
La vieille *Crux-Ave* se montre au premier rang;
Sur ses beaux cheveux blonds flotte un panache blanc.
Aux postes avancés on met des sentinelles,
Et les aides-de-camp voltigent sur les ailes.
Du côté des Croûtons, au rang des généraux,
Sont l'ex-carillonneur, trois chapiers, deux bedaux.
Chacun, en le voyant au sein du Consistoire,
Admire l'air guerrier du sacristain Grégoire.
Le noble état-major, flanqué d'enfans de chœur,
Au parti Clopinel présente un front vainqueur.

---

les cloches n'appellent-elles pas les fidèles à la messe dans nombre de communes? Tout cela n'annonce-t-il pas un culte dominant! un culte ennemi de la république et de ses lois? Et d'après ces données, peut-on douter encore que l'Église ne se croye *une puissance*, *et n'en soit réellement une?* Les tronçons épars d'un serpent coupé par morceaux peuvent reprendre vie, dit-on; le fait n'est pas bien prouvé : mais, en tout état de cause, écrasez la tête du serpent, vous n'aurez plus rien à craindre.

Hé bien ! seul contre tous, mais nouvel Alexandre ;
Le pasteur périra plutôt que de se rendre.
Du Dieu de l'éloquence il attend son secours ;
Il n'a, pour triompher, trompettes ni tambours :
N'importe ! ce héros, sans tambour, ni trompette
Du pénitent d'Autun sonnera la défaite ;
Il saura terrasser son indigne rival.
Déja chaque amazone, attendant le signal,
Dans les rangs ennemis que son regard menace,
En calcule le nombre, et la force, et l'audace.
On brûle d'attaquer, et d'en venir aux mains ;
Ce sont de vrais démons qui vont venger les saints.
L'inflexible Crouton veut chanter la grand'messe :
Mais Clopinel est là, fier de son droit d'aînesse.
Il cite en sa faveur l'arrêté solennel,
Pris par le Consistoire à l'ombre de l'autel.
Dieu reposait, dit-il, dans le saint tabernacle ;
Il fut témoin de tout, et voilà son oracle :
C'est l'arrêté légal qui me nomma pasteur.
Eh ! quels titres, messieurs, offre cet imposteur ?
Ce fut dans une orgie... oserai-je poursuivre ?
Que Crouton fut nommé par un Consistoire ivre.
Une femme assistait à ce Conseil privé ;
Eh ! quelle femme encor !... madame *Crux-Ave* !
A ces mots, prononcés d'une voix effrayante,
On fixe, on montre au doigt la noble présidente,
Qui, voulant se venger d'un sourire indiscret,
Applique à sa voisine un plantureux soufflet.
Celle-ci, tout d'un temps, lui découvrant la nuque,
Au nez du grand Crouton fait voler la perruque,
Et la crinière blonde à tous les yeux surpris,
Fait place tout-à-coup, à quatre cheveux gris.
A cet affront sanglant, la dévote tondue,

Se lève furieuse, et retombe éperdue.
L'illustre *Crux-Ave* lui porte des secours.
Elle expire !...grand Dieu !... qu'on ait soin de ses jours.
Pendant cet incident les deux partis s'agitent;
Quelques railleurs malins au combat les existent.
La discorde , au lieu saint parut dans ce moment,
Comme on la vit jadis dans le camp d'Agramant.

L'officier préposé pour faire la police
Fait renaitre la paix. On demande justice !
Chacun de son pasteur veut établir les droits,
Et par l'homme public faire approuver son choix.
L'intègre commissaire , homme prudent et sage:
Je ne décide point entre Rome et Carthage,
Leur , dit-il , jouissez de votre liberté :
Mais que l'ordre par vous soit ici respecté.
La paix ou la prison ; l'ordre ou le corps-de-garde.
Contre vos passions mettez-vous mieux en garde ;
Discuter est un droit, disputer un abus.
Priez , pleurez , chantez; mais ne vous battez plus.

A ce froid compliment chacun baisse l'oreille,
Murmure, et cependant fait ce qu'on lui conseille.
Crouton se mord les doigts ; Clopinel est vainqueur ;
Au nez de son rival il officie au chœur,
A jour indéfini l'assemblée est remise;
Tristement, sans voter, elle sort de l'Eglise,
Tandis que Griffonnet , praticien adroit
Chez lui va méditer sur un nouvel exploit.

CHANT CINQUIÈME.

ARGUMENT.

Croûton commence un mariage ; Clopinel l'achève. La Souris sacrilège. Saint Laurent se rend chez la Vierge, pour la prier d'engager son fils à rendre la paix à son Eglise. Harangue du Saint Diacre. Réponse de Marie. Etat actuel du Paradis. Danger dans lequel se trouve Jésus-Christ, de perdre son état de Dieu.

A la glèbe attachés, flétris, chargés d'entraves,
De Rome trop long-temps nous fûmes les esclaves.
Les prêtres s'emparaient de l'homme à son berceau,
Et l'enchaînaient encore par-delà le tombeau.
Croissez ! multipliez ! avait dit la nature.
Ne multipliez pas ! nous criait l'imposture !
Le Ciel est préférable à la terre, à l'état.
Pour mériter le Ciel, gardez le célibat !
Les Sages observaient que ces chastes apôtres
Pratiquaient assez mal ce qu'ils prêchaient aux autres.
Si pourtant (ajoutaient les indulgens fakirs)
Asservis à la chair, à ses sales plaisirs,
Vous brûlez en secret des feux de la luxure ;
Venez, nous possédons l'onguent pour la brûlure.
Nos mains l'ont épuré. Courbez-vous à nos pieds,
Alors vos nœuds impurs seront santifiés.

C'est nous qui nous chargeons du salut de vos ames;
Vous ne pourrez sans nous coucher avec vos femmes.
Venez!.. Et l'on venait pour mériter l'onguent,
Sous le voile sacré se placer humblement.
La rubrique peu chaste, au sein du sanctuaire,
Apprenait à l'époux ce qu'il avait à faire,
Et fière d'un vieux mot qu'elle s'appropria,
Pour lui dans le milieu plaçait l'alleluia (1).

---

(1) Dans les langues orientales, *all* signifie *haut*, *élevé*; et *oulia*, signifie *sublime*, resplendissant; sur-tout dans la langue des Guèbres ou des Parsis. Ce mot désignait le soleil.

All-oulia, était un cri de joie parmi les peuples que nous venons de citer, lors de l'apparition de cet astre, et notamment le jour où l'on célébrait sa fête.

A la fin du douzième mois, Alloulia désignait l'année expirée, et alors on lui disait tristement adieu. Mais après les épagomènes on braillait de nouveau *Alloulia !* pour rendre hommage au nouveau Soleil. *D'Alloulia*, les malins firent aisément *Alleluia*.

L'Eglise le personnifia, le fit mourir, lui donna la sépulture, et le fit ressusciter au nouveau Soleil : c'était Jésus le cadet. A Toul, les enfans de chœur officiaient à l'enterrement d'*Alleluia*, et le cercueil était porté dans la fosse, avec la croix, l'eau-bénite, les torches, l'encens et toute la kirielle des jongleries catholiques.

Dans le neuvième siècle, on faisait à l'office un petit dialogue entre alléluia et les clercs. Un d'eux, sans doute, était son interprète. — Pourquoi donc nous quittez-vous sitôt, Alleluia !— Je suis pressé de m'en retourner. — Bah ! restez encore avec nous. — Cela ne se peut pas. — En vérité ! — Parole d'Alleluia. — Rien qu'un jour ! — Pas seulement une heure. — Allons; en ce cas, bon voyage, Alleluia !

Dans d'autres cantons, il paraît qu'on était moins affamé d'alléluia ; car on l'envoyait tout bonnement..... où il n'est pas poli d'envoyer personne. *Vade foras, alleluia ! Vade viat tuas,*

La liberté naquit, fonda la République,
Et la raison brisa le talisman magique.

Il est pourtant encor des esprits scrupuleux
Qui par l'agent de Christ font confirmer leurs nœuds.
De deux jeunes amans l'union projetée
Vient par le magistrat d'être enfin cimentée.
Un grand festin se donne, et le bal suit de près.
L'hymen en souriant fait aussi ses apprêts.
L'heureux couple soupire après une autre antienne ;

---

alleluia ! Ce qui veut dire en latin de cuisine : *Va te faire . . . ;
sucre, alleluia !*

Ailleurs, pour se défaire du personnage, un enfant de chœur
tenait une toupie, autour de laquelle était écrit en lettre d'or :
Alleluia ; il la chassait à coup de fouët du sanctuaire, et ensuite
de l'Eglise ; et cela s'appelait *fouëtter l'Alleluia.*

On observera que le jeu de la toupie avait lieu dans les temples des anciens. Chez les Assyriens, on faisait tourner une toupie, garnie de saphirs et de plaques de métal, sur lesquelles
étaient gravés les douze signes du Zodiaque. Cette toupie existait
aussi chez les Egyptiens.

Si les christicoles paraissaient fous au carnaval, ils l'étaient
de même à la résurrection d'alleluia. On ne savait à quelle sauce
manger le poisson ; on en servait dans tous les plats :

Aimez-vous la muscade ! on en a mis par-tout......

*Alleluia est ressuscité ! — Ils ont vu alleluia ! — Il s'est assis sur alle-
luia. — Jetez vos filets du côté de la barque, et vous prendrez
alleluia. Enfin, alleluia est pris !* Ici, comme on voit, alleluia
est pris pour un brochet, une truite, une anguille. Mais, à la
messe du mariage, dans le diocèse d'Auch, c'était bien pis qu'une
anguille ! . . .

Gaudebit sponsus super sponsam et in medio erit alleluia.

Il faut convenir que les rubriques de nos prêtres étaient
drôles !

Mais

Mais la mère de Rose, excellente chrétienne,
Vient, par un beau sermon, modérer ses transports.
Aujourd'hui, mes enfans, nous faisons les accords ;
Nous avons tous signé : bon ! mais, quoi qu'on en dise,
On n'est bien marié qu'en face de l'Église.
Demain j'irai trouver monsieur le président.
Notre saint Consistoire est actif et prudent ;
Il disposera tout, les bancs, le mariage ;
Huit jours lui suffiront pour terminer l'ouvrage.
Mais de votre bonheur lui seul décidera ;
Jusques-là Rose est vierge, et vierge restera.

O cœurs vraiment dévots ! consciences à prêtres !
Dans l'art de tourmenter vous êtes passés maîtres.
Tombent sur moi, chétif, neuf à dix créanciers,
Deux faiseurs de projets, six oisifs, quatre huissiers,
Plutôt qu'une dévote, une sotte pimbêche,
Qui va tous les matins croquer la pâte sèche !

Triomphe, *Crux-Ave !* C'en est fait, et le Ciel
Te procure un moyen de punir Clopinel.
Le perfide ! en public, t'arrachant la victoire,
Il ose mal parler des mœurs du Consistoire !
Il insulte, le traître ! à ta digne moitié !
Garde-toi d'écouter une indigne pitié !
Venge à la fois Croûton et le Ciel et toi-même,
Et que le mariage, à défaut du baptême,
Par Croûton dès demain célébré dans le chœur,
Apprenne à Clopinel qu'il est un Dieu vengeur.
Ainsi dit, ainsi fait ; de crainte de surprise,
Croûton, par un détour, se transporte à l'église.
Les deux futurs époux, leurs parens, leurs amis,
Au temple du Saint Diacre en secret sont admis.

K.

Crouton , en grand costume, à l'autel se présente,
Pour le coup sa figure est fière et rayonnante.
Il ne redoute plus de dangereux éclats....
Eh ! malheureux ! l'abîme est ouvert sous tes pas !
Quelque malin génie, envieux de ta gloire,
Malgré tous tes efforts, ceux du saint Consistoire,
De tes fiers ennemis protégeant les succès,
Se plaît à traverser tes illustres projets.

Déjà tout était prêt pour la cérémonie.
Un seul mot de la fête a troublé l'harmonie;
Mais, à ce mot, Crouton reste pétrifié.
L'époux... ô honte ! ô crime ! était divorcié.
Aux nœuds qu'on veut former, quelle terrible entorse!
L'Église, en aucun temps , ne connut le divorce:
Pends-toi, brave Crouton ! Cet hymen prohibé,
Ainsi que le baptême , est encore flambé.
Je ne peux procéder à votre mariage,
Lui dit-il, ce serait un vrai concubinage.
Vous êtes *divorcé*, monsieur !, tant pis pour vous;
Vous n'en êtes pas moins le légitime époux
D'une première femme, et ce nœud qu'on révère....
Oui ! puisqu'il est ainsi, dit aussitôt la mère,
Je remmène ma fille, et je ne prétends pas...
Eh ! quoi? l'on oserait l'arracher de mes bras ?
Dit l'époux. Non. Jamais ! jamais ! elle est ma femme,
A la face du Ciel , ici , je la réclame.
J'aurai pour moi les lois; leur salutaire appui
Vaudra bien le jongleur qu'on m'oppose aujourd'hui.
Par deux fois insulté dans son saint ministère,
Le fougueux christivore écume de colère.
Il ne manque à sa honte, en ce moment fatal,
Que d'en rendre témoin son indigne rival;

Son désastre est complet, et Clopinel s'avance;
Il vient aux deux époux offrir son assistance.
Rassurez-vous, dit-il, monsieur se fait prier;
Hé bien! moi, mes enfans, je vais vous marier.
On accepte son offre; il fait le mariage,
Et Croûton court cacher et sa honte et sa rage.

 Pour faire niche à Dieu, près de ses favoris
Le diable est comme un chat qui guette une souris.
Poussé par le malin, Clopinel, dit l'histoire,
Voulut à son profit confisquer le ciboire;
Mais de la médisance, amis, défions-nous!
Confisquer est trop dur; emprunter est plus doux.
Croyons que le saint prêtre avait quelque pratique
A laquelle il devait porter le viatique.
Il se croit sans témoins, saisit l'occasion,
Et succombant, par zèle, à la tentation,
S'empare du ciboire, et veut le mettre en poche...
Mais Grégoire est au guet; sacristain sans reproche,
Il prétend ressaisir à l'instant le depôt;
Il avance la main... N'y touche pas, maraut!
C'est un vase sacré! dit le prêtre. — Il n'importe!
Tu le rendras, coquin! ou le diable m'emporte!
— Eh! qu'il t'emporte! soit! riposte le jongleur.
Je ne le rendrai point. — Au voleur! au voleur!...
Tout en poussant ces cris, le Grégoire un peu crâne,
Sur le vase sacré porte une main profane.
Dans ce terrible choc, sur le pavé poudreux,
On voit rouler soudain trois douzaines de Dieux.
Trois douzaines, plus un. O scandale effroyable!
Grégoire, à cet aspect, jette un cri lamentable,
Et les deux champions interdits, consternés,
Tombent sur les genoux, et restent prosternés.

K 2

Attiré par leurs cris, un jeune militaire (1)
S'avance, voit leur trouble, et sans plus de mystère
Rassemble les fuyards, et tenant à la main
Le vase abandonné, les rentre au magasin.
« Enfans ! ne pleurez plus ! la récolte est complette ;
» Tous vos joujoux sont là dans la boîte à Perrette. »
Il le croyait, hélas ! il était dans l'erreur.
Un *bon Dieu* plus alerte et plus léger coureur
Avait, roulant au loin, dans sa marche pressée,
Près d'un trou de souris donné tête baissée.
Finette s'en saisit, et rend grâces aux Dieux
De ce dîné friand qui lui tombe des Cieux ;
Elle y porte la dent… O surprise imprévue !
Clopinel l'aperçoit, et l'ame toute émue,
Arrête ! c'est ton Dieu que tu vas profaner !
La souris n'en tient compte, et veut toujours dîner.
Le prêtre récidive, et dit : Souris impie !
Lâche ton Créateur, ou je t'excommunie…
Finette, en cet instant, le tenait par le cou ;
Elle quitte sa proie, et rentre dans son trou.
On reprend le croquet ; mais la vorace bête
Avait du Dieu vivant déjà grugé la tête !…
Consolez-vous, chrétiens ! s'il y manque un quartier,
Jésus, dans ce qui reste, est encor tout entier.

Grégoire et Clopinel, pour éviter la glose,
Conviennent sur le tout de tenir bouche close.

La lorgnette à la main, Laurent, du haut des Cieux,
Jetait sur son église un regard douloureux.
Du fier Gargarita l'ostracisme terrible,

----

(1) Un Tambour.

De deux prêtres rivaux l'acharnement risible,
Ces profanations, ces combats à l'autel,
Tout dans son cœur navré porte un effroi mortel.
Il tremble qu'on n'en fasse un rigoureux exemple;
Que, pour les accorder, on ne ferme son temple;
Et son temple fermé, ses *oremus* proscrits,
Que fera désormais le Diacre er paradis?
Là, comme sur la terre, il faut qu'on en impose.
Il faut d'un grand appui sur-tout que l'on dispose;
Et les saints, dans le Ciel, ne fixent les regards
Qu'autant qu'on a pour eux ici-bas des égards.
Par-tout celui qui brille est celui qu'on encense.
On est plein de vertus avec de l'opulence;
C'est pourquoi, parmi nous, des gens qui n'avaient rien,
Aux dépens de l'Etat ont acquis tant de bien.
Le Diacre succombant à ses vives alarmes,
A cet affreux tableau versa, dit-on, des larmes.
Il est vrai qu'à la cour il a quelque crédit;
Mais, à qui confier son trouble? A Jésus-Christ?
Depuis assez long-temps Jésus, sombre, farouche,
Réfléchit tristement, n'ouvre jamais la bouche;
Il semble avoir perdu l'usage de la voix,
Et, nouvel Hippolyte, enfoncé dans les bois,
Loin des yeux des élus, loin de la cour céleste,
Il semble méditer quelque projet funeste.
Le cas est pour le Diacre assez embarrassant.
Saint Janvier, son ami, saint Janvier est absent.
Et, depuis quelque temps, sous une autre enveloppe,
Habite, *incognito*, l'antique Parthenope. (1)
Là, pour nuire aux Français, il s'est fait embaucheur,
Et, sous les traits d'Acton, commande au roi pêcheur.

____

(1) Naples.

Des plus vils courtisans et la lie et l'écume,
Cet Acton du roi Pitt, est le second volume ;
Et si Georges de Pitt n'est que le plat valet,
Ferdinand n'est d'Acton que le premier sujet.
Le pêcheur s'imagine être un foudre de guerre ;
Il brise ses filets, saisit un cimeterre ;
Les droits des nations et la foi des traités,
Par l'honneur, en tous temps, saintement respectés,
Rien pour lui n'est sacré ; rien n'arrête sa rage :
Le parjure, est des rois le premier appanage.
Celui-ci s'exprimant *et ab hoc et ab hâc*,
Attend tout des efforts du capitan mic-mac, (1)

____

(1) *Ton esprit aisément percé à travers ces voiles,*
    Et voit bien que c'est moi qui suis les cinq étoiles.
                    (PIRON, *Métrom.*)

On sent que Mic-mac ne peut être autre chose que le fameux général Mack.

Quelques journaux, en parlant récemment de lui, ont affirmé qu'il n'a dû son avancement rapide qu'à la célérité de sa main. A les entendre, l'affranchi de Cicéron (*Tyro*) écrivait moins vite.

L'Etoile de Bruxelles, nous avait appris autre chose, il y a environ six mois.

« Mack, (disait le journaliste des Pays-Bas), était bas-
» officier dans le régiment de Clairfait, en garnison à Bruxelles.
» Il cherchait à se donner des connaissances relatives à son état.
» Il avait appris de lui-même la géométrie. Comme il avait épousé
» une blanchisseuse, il était toujours très-propre et d'une tenue
» recherchée, avantage qui l'avait fait distinguer de ses supé-
» rieurs. Lorsque le général d'Alton combattit les Brabançons,
» Mack se battit avec assez de courage, et fit usage de la partie
» des sciences exactes qu'il avait étudiées avec soin. D'Alton dis-
» tingua ce jeune homme, et lui donna de l'avancement. Clairfait

Matamore fameux, sinon par sa vaillance,
Sinon par ses exploits, du moins par sa jactance;
Le mic-mac déployant un bon sens peu commun,
Soyons hardis, dit-il, nous sommes cent contre un.

____

» étant devenu, par la suite, feld - maréchal, se souvint de
» Mack; il en parla à François, qui voulut l'approcher de
» lui. »

Ici, le journaliste se tait. Voici ce que sait toute l'Europe.
Pour que Mack pût paraître en cour, et pût également entrer
au conseil privé de l'empereur, il fallut le marquer du sceau de
la bête; il fut ennobli. Le premier des soldats devint le dernier des nobles. Mack, un jour, s'endormit roturier, et se ré-
veilla baron.

Il fut question d'opposer ce noble de nouvelle date à un gen-
tilhomme d'ancienne extraction qui, à force de belles actions,
faisait oublier sa naissance. Il fallait bien que tout fût différent
entre *Bonaparte* et *Mack*.

L'empereur fit faire une belle épée d'or, et la donna au jeune
capitaine. O mal-honnêteté des guerriers! le vainqueur de *Beau-
lieu*, de *Clairfait*, de *Wurmser*, d'*Alvinzi*, et de tant d'autres,
ne respecta point l'épée d'or, et la brisa dans les mains de son
rival. Les rois sont tenaces, Mack eut du service en raison in-
verse de ses succès. Il fut nommé général et donné pour guide
au fougueux *archiduc Charles*. Ensuite se forma la coalition ita-
lienne, et l'homme à *l'épée d'or* fut nommé *capitaine-général*
d'une armée, dont le traître Ferdinand IV est le lieutenant, et
Saint-Janvier le colonel !

On connaît les résultats de cette première campagne. Les trou-
pes qui marchent sous les ordres du général Championnet ont eu
aussi l'insolence de battre les soldats de monsieur le baron ! mais
cela n'en restera pas là ! il s'en plaindra à son *lieutenant*, (le
roi de Naples) ; le *lieutenant* s'en plaindra au *colonel*, (le comte
de Saint-Janvier); le *colonel* s'en plaindra au *feld-maréchal*, (le
Prince Eternel.) Alors, l'arrière ban-du paradis sera convoqué;
l'ange exterminateur tuera tous les Français en une nuit, comme

Marchons !... et le héros trouvant la porte ouverte,
S'empare fièrement d'une ville déserte.
Le bon Emmanuel ; secondant ses desseins,
Pour frapper les français solde des assassins.
Pitt ourdit en secret la trame criminelle,
Et dirige les fils du roi polichinelle !
Insolent roitelet, que la France épargna,
Frémis ! de toi bientôt nous dirons : IL RÉGNA.
La France va rayer du tableau des despotes
Le roi des macarons et le roi des marmottes ;
Malgré les gros bouillons du sang de Saint-Janvier,
Le pêcheur sera pris dans son propre épervier. (1)

Le diacre en attendant est toujours sur la brèche
Et ne sait plus, hélas ! de quel bois faire flèche.
Cependant... une mère, à ce qu'on peut prévoir,
Sur l'esprit de son fils gardant quelque pouvoir,
Peut conserver son temple, ou du moins quelque cierge,
L'archidiacre se fait annoncer chez la Vierge.
C'était l'après-midi : dans un boudoir charmant,

---

les soldats de Sennacherib, et *l'Italie*, *l'Egypte*, la *République française*, seront détruites pour jamais ! — Si cela n'arrive pas, cela devrait arriver, disent messieurs les barons et messieurs les dévots de tous les pays.

(1) C'est une chose assez curieuse que de voir la *majesté* sicilienne, en costume de pêcheur, ayant tous ses cheveux engagés dans un filet à l'espagnole, crier et vendre son poisson à tout venant, et se disputer, pour un demi-carlin, avec le dernier lazzaroni qui, n'ayant volé ce jour-là, peut-être, ni bourse, ni montre, ni mouchoir, et voulant cependant manger du poisson royal (*pesce regio*), en reproche librement à *son maître* le trop grand prix, par ces mots : *maesta, maesta, troppo caro ! troppo caro ! majesté ! majesté !* votre poisson est trop cher.

La

La mère du Sauveur reposait mollement
Et faisait un piquet avec la Madelaine.
C'est vous, diacre Laurent ! quel bon vent vous amène ?
— Le plaisir de vous voir. — Prenez donc ce fauteuil:...
Bien ! beau jeu ! j'ai de quoi confondre votre orgueil.
Cinquante-sept de point, quatrième majeure, (1)
Trois as... Avez-vous pris le café ? — Tout-à-l'heure.
— J'ai gagné !... Mais quel trouble éclate dans vos yeux ?
Je vous trouve aujourd'hui le teint tout nébuleux.
Contez-nous vos secrets : madame peut entendre.
Les femmes de son nom ont toujours le cœur tendre.

A cet heureux accueil, qui calme son souci,
Le diacre se rassure ; il tousse et parle ainsi :
Reine, l'excès des maux où l'Eglise est livrée, (2)
Mais pourquoi répéter la harangue sacrée ?
Passons à ses moyens ; nous connaissons les faits.
Reine, il paraît aisé de ramener la paix.
D'un obscur tonsuré, connu par sa sottise,
Il s'agit simplement de purger mon Eglise.
Les Consistoriaux le tenteraient envain ;
Il faut que Jésus-Christ nous donne un coup de main.
Il ne refuse rien aux larmes de sa mère,
Et l'on sait qu'il peut tout auprès de Dieu le père.
Jésus-Christ, entre nous, me doit quelques égards.
J'ai dans Rome, autrefois, suivi ses étendarts.
J'ai des droits aux bontés qu'aujourd'hui je réclame.
Si j'ai prôné son culte, il m'en a cui, madame.

----

(1) On ne dit point quatrième *majeure*, mais bien quatrième *major*. On voit que la vierge est une parvenue.

(2) *Reine, l'excès des maux où la France est livrée.*
(Voir. Henr. chant 2e.)

Mon gril en est témoin, et s'il pouvait parler,
Il sait que, sans pâlir, il m'a vu rissoler.
De mon courage altier voulez-vous une ébauche?
Je suis assez rôti, préfet, du côté gauche;
Retourne-moi ! lui dis-je. Et certe, en cet instant,
Peu d'hommes, à ma place, en eussent dit autant.
Aussi grand que moi-même, au sein du nouveau monde,
Méprisant des bourreaux l'atrocité profonde;
Je sais bien que, depuis, on vit Guatimozin
Brûler, sans murmurer, aux yeux d'un assassin.
Le burin de Clio, gravant les nobles choses,
Répète à l'Univers; *moi, suis-je sur des roses?*
L'apostrophe est superbe, elle honore un payen:
Mais le roi du Mexique était un peu chrétien.
Jésus peut mettre un terme à ma douleur amère.
Tenez, frère Laurent, répond la Vierge-mère,
Chacun a ses chagrins, et mon fils, entre nous,
Est mille fois encor plus à plaindre que vous.
La révolution qui changea tout en France,
A jusques dans le ciel porté son influence;
Et la réforme est telle au séjour des élus,
Qu'enfin, (vous le savez,) l'on ne s'y connaît plus.
Des saints, depuis mille ans, mis au martyrologe,
Et dont on ne parlait ici qu'avec éloge,
Sont allés en enfer avec les réprouvés.
Les damnés d'autrefois aujourd'hui sont sauvés.
On ne peut faire un pas sans voir un philososophe.
Thésée, en paradis, remplace Saint-Christophe; (1)

____

(1) Thésée, l'effroi des brigands, Thésée, recommandable
par sa force et son courage; Thésée, qui affranchit sa patrie du
tribut honteux qu'elle envoyait tous les ans à Minos, roi de
Crète; qui, le premier, consacra l'indépendance des peuples,

Socrate , Saint-Bernard ; Platon , Saint-Augustin ;
Zoroastre , Saint-Labre , et Numa , Saint-Crépin.
L'agneau prend de l'humeur , il boude , il fait la mine ,
Et moi , de mon côté , j'enrage à la sourdine ,
De voir autour de nous tous ces nouveaux venus
Que , ni mon fils , ni moi , n'avons jamais connus.
Ces sages , ces héros de la Grèce et de Rome
Ont , à leur arrivée , empaumé le bon homme.
Il raisonne avec eux , les aime cent fois plus
Que tous ceux que mon fils mit au rang des élus ;
Il parle avec transport de Caton , d'Epictète !
D'ailleurs , tous les matins , en lisant la gazette ,
Il paraît révolté des attentats nombreux ,
Dont les prêtres du Christ se souillent en tous lieux.
Il s'élève avec feu contre l'aube et l'étole ,
Et parle avec horreur du culte christicole.
Il dit qu'il n'a produit que des déraisonneurs ,

---

on réunissant les douze villes de l'Attique , et y jetant les fondemens d'une république , (1236 ans avant l'ère vulgaire.) vaut
bien le Christophe imaginaire que les Nazaréens avaient imité de
l'Hercule des anciens. Christophe signifie en grec, *Porte-Christ.*
Sa statue gigantesque se voyait dans nos vieilles Eglises. Nos
pères , qui avaient peur de mourir subitement , dit un auteur ,
avaient une tradition qui leur assurait qu'on ne mourrait point le
jour qu'on avait vu la figure de Saint Christophe : en conséquence , on le peignait comme un géant pour la commodité du
public. *Christophe,* ou *Porte-Christ,* avait, dit-on, traversé la mer,
non pas à pied sec , mais à peu de chose près , en portant Jésus
sur ses épaules , et l'hymne singulière qu'on chantait le jour de
sa fête , finissait ainsi :

> *Beatum Christophorum,*
> *Qui portavit Christum*
> *Et aqua non tetigit culum.*

L 2

De lâches assassins et des empoisonneurs.
Jugez, mon bon ami, de la triste figure
Que fait le roi des Juifs en cette conjoncture.
Il sait que ce reproche est trop bien mérité,
Et tremble, à chaque instant, d'être deshérité.
Déjà de la raison le flambeau tutélaire
De Rome indépendante a chassé son vicaire.
Le vice-Dieu n'est plus ! La Sagesse a parlé ;
Ce colosse superbe enfin s'est écroulé (1).

(1) Jean-Ange Braschi naquit, à Césène le 27 décembre 1717. Il vint à Rome en sortant de Césène, et ne quitta la ville aux Sept-Montagnes qu'en 1782, lors de son voyage à Vienne, voyage qui mit le sceau à sa nullité et à son imprévoyance. L'abbé Braschi s'adressa à un individu de son pays, valet-de-chambre du cardinal-neveu, et lui demanda sa protection. C'est à ce valet-de-chambre qu'il doit sa fortune. Celui-ci le fit entrer en qualité de secrétaire chez son maître, (l'aîné des Rezzonico), neveu de Clément-XIII ; il devint bientôt, comme cette Eminence, l'âme damnée et l'espion des jésuites qui, par leur crédit, lui firent obtenir la place de grand-trésorier, place dont on ne pouvait l'évincer qu'en le nommant cardinal, ou en lui faisant son procès, s'il avait mal géré. Braschi, peu scrupuleux, peu timide, se conduisait dans cette place comme un fripon. Ganganelli, à son avènement, sentit qu'il ne pouvait laisser la fortune de l'État entre les mains d'un dilapidateur ; il le fit cardinal. (Le 26 avril 1773.) L'Eminence alla remercier la Sainteté, *Je n'avais à vous offrir que deux choses*, lui dit Clément XIV, *le chapeau ou la potence. J'ai préféré le parti le plus doux.* Braschi ne pardonna jamais au pontife. Il se lia plus que jamais avec les jésuites. Ganganelli fut empoisonné dans une hostie, et l'opinion publique à Rome, est que Braschi fut un des quatre cardinaux qui trempèrent dans cette conjuration jésuitique, dont le résultat fut la mort d'un pontife vertueux et éclairé, et l'exaltation du scélérat qui l'avait empoisonné. Voilà le monstre qu'on appel-

Contre son commettant l'Univers se récrie.
Dieu peut lui dire un jour : Jésus, fils de Marie,
Les hommes t'ont fait Dieu. Par ma toute bonté,
Comme tel, pour mon fils, mes mains t'ont adopté ;
Mais ton culte a causé les malheurs de la terre ;
Loin d'apporter la paix, tu déclaras la guerre (1),
Et tes prêtres cruels, en lui donnant des fers,

---

luit *votre sainteté.* Ce fut ainsi qu'il préluda à l'assasinat de Bas-seville et de Duphot. Jean-Ange Braschi succéda à Ganganelli le 15 février 1775; 22 ans après, jour pour jour, le 27 pluviôse an 6, correspondant au 15 février 1797, la triple couronne fut brisée et le trône pontifical renversé. On chantait une grand'messe au Vatican, pour célébrer l'anniversaire de l'inauguration du vieux des Sept-Montagnes, *heureusement régnant,* et au même instant, l'arbre de la liberté était planté au capitole; on y proclamait la république romaine, et parconséquent, la chûte du Grand Lama, *heureusement ne régnant plus.*

Nous citerons deux pasquinades sur ce vice-Dieu.

(Pasquin.) *Come sta Pio sesto !* (Marforio) *Pio sesto ha nella testa, le paludi pontine ; nel petto, i suoi nipoti ; nel culo, i cardinali, e lo stato, sotto i piedi.*

C'est-à-dire : comment se porte Pie VI ? — Pie VI a les marais Pontins dans la tête, ses neveux dans le cœur, les cardinaux dans le c.. , et l'état sous ses pieds.

Braschi portait dans ses armes, on ne sait pourquoi, un aigle, des lys, des étoiles et une bouche d'Eole. Il supprima ces signes blasoniques et ne garda que cette tête. Pasquin lui dit :

> *Redde aquilam imperio, sua gallo lilia regi :*
> *Sidera redde polo, cætera, Brasche tibi.*

A l'Empire, rends l'aigle ; à la France, ses lys ;
L'étoile au Firmament ; le reste est aux Braschis.

(1) *Je viens apporter le glaive et non la paix.*

                              (*Paroles de Jésus.*)

Ont de leurs longs forfaits effrayé l'Univers.
Je prétends mettre un terme à tant de barbaries;
Ton nom sert de prétexte à leurs noires furies;
Jésus, tu n'es plus Dieu. Je révoque l'édit
Qui, jadis, pour mon fils adopta Jésus-Christ.

Nazareth dégradé par le pouvoir suprême,
N'étant plus fils de Dieu, n'étant plus Dieu lui-même,
Que devient-il alors ? bâtard adultérin,
N'ayant pas dans le Ciel un pouce de terrein.
Jugez, frère Laurent, si, dans cette occurrence,
Jésus de vos Croûtons peut prendre la défense.

Laurent baisse les yeux, se lève tristement,
Salue, et, le cœur gros, sort de l'appartement.
Prenons aussi congé; quittons la tour d'ivoire (1);
Sachons ce qu'ici-bas fera le Consistoire.

----

(1) *Turris Eburnea.*
(*Litanies de la Vierge.*)

CHANT SIXIÈME.

ARGUMENT.

*Vision de madame CRUX-AVE. Griffonnet fait défense
à Clopinel de dire la messe. Celui-ci se rend incognito
dans la sacristie et s'habille. Il se présente à l'autel
en même-temps que Croûton. Combat terrible des deux
Curés. La bataille devient générale. L'autel est foudroyé.
La Liberté paraît, met les Christicoles en fuite, et ferme
pour jamais le Temple du Saint Diacre.*

PAR des prêtres menteurs sans cesse poursuivi,
C'était peu qu'en naissant l'homme fût asservi;
Qu'il ne pût, sans leur ordre et sans leur ministère,
Jouir de la douceur d'être époux, d'être père;
Qu'il ne pût s'endormir dans les bras de la mort
Sans appeler un prêtre et prendre un passe-port.
De ce prêtre par-tout il falloit l'entremise,
Et tout était marqué du cachet de l'Église.
Quand un maître dans Reims au peuple était donné,
Par un prêtre du Christ il était couronné,
Et pour l'oint du Très-Haut, le pigeon toujours leste,
Avait été porteur de l'ampoule céleste.
C'est là qu'à deux genoux, d'un air humble et contrit,
Le tyran recevait les dons du Saint-Esprit.
L'Église l'adoptait, et la docte Sorbonne
Disait que de Dieu seul il tenait sa couronne.

Aux yeux du tigre-roi le peuple n'était rien ;
Mais l'Eglise était tout... Elle était son soutien (1).

On ne pouvait remplir une charge publique,
Défendre l'orphelin sans être catholique.
On n'avait ni talens, ni mœurs, ni probité
Si l'on doutait du Christ ou de la Trinité ;
Si, des jongleurs sacrés adoptant les oracles,
On ne croyait aux saints, à la vierge, aux miracles.
L'Ordre des avocats eût rayé du tableau
Cicéron, Démosthène et Jean-Jacques Rousseau.

Chaque jour de l'année offrait un saint pour guide ;
De votre ange gardien vous marchiez sous l'égide.
Invisible pour vous, sans cesse il vous suivait ;
Mais votre mauvais ange aussi l'accompagnait.
Vouliez-vous d'un quartier vous fixer dans un autre ?
Il vous fallait l'appui du Christ ou d'un apôtre.
Dans ce nouveau logis vous n'étiez affermi
Qu'à Pâques, à Noël, Saint-Jean ou Saint-Remi.

Aux fêtes d'apparat, dans les places publiques,
De Jésus ou des saints on heurlait les cantiques,
Et des noëls nouveaux, imprimés tous les ans,

---

(1) Lors du couronnement du dernier de nos tyrans, on avait peint sur les panneaux de la voiture, dite *du sacre*, la France aux genoux de Louis XVI. Le despote, très-ressemblant, était costumé à l'antique. Ce tableau occasionna quelques murmures sur la route : mais il excita à Reims une telle indignation, que, pendant la nuit, dans la crainte d'un soulèvement, on fut forcé de substituer une tête de Minerve à celle de l'impudent monarque.

Ranimaient

Ranimaient la ferveur des fidèles croyans.
Cette foi dans les cœurs paraissait-elle éteinte ?
Aux droits des charlatans portait-on quelque atteinte ?
Aussitôt sur l'autel un écrit descendu
Annonçait le courroux de l'homme-Dieu perdu (1).
Pour ces droits dans le Ciel tout était en alarmes ;
La bonne sainte Vierge avait versé des larmes ;
Les saints étaient en l'air, et même en certains cas,
Les diables du clergé se rendaient avocats (2).
De mère sainte Église augmentant les richesses,
Les défunts revenaient ; ils demandaient des messes,
Et troublaient chaque jour, munis de passe-ports,
Le repos des vivans pour le donner aux morts.
Là, des vierges de bois, ou de marbre ou de pierre, (3)

---

(1) Le premier écrit de ce genre qui soit tombé du ciel est une lettre de Saint-Pierre, au pape Étienne II, en 752. Il s'agissait d'engager Pepin à prendre les intérêts de la cour de Rome. Barjone ne pouvait décemment refuser une lettre de recommandation à son vicaire. Les effrontés coquins, que ces prêtres !

(2) En 793, il y eut une grande famine en France. On avait trouvé tous les épis de bled vuides, et l'on avait entendu en l'air plusieurs voix de démons qui avaient déclaré qu'ils avaient dévoré la moisson, parce qu'on ne payait pas les dîmes aux ecclésiastiques. Il fut ordonné qu'on les payerait à l'avenir. Il est singulier, dit Saint-Foix, que les diables s'intéressassent si vivement à notre clergé. (*Essais sur Paris.*)

(3) Les Tartares assiégeant le couvent de Saint-Hyacinthe, ce moine prit le ciboire, et comme il se sauvait avec ce dépôt précieux, une grosse Notre-Dame de marbre lui dit: Mon bon ami, à quoi penses-tu ? comment ! tu sauves le fils, et tu laisses la mère exposée à la rage de ses ennemis ! Le Saint s'excusa d'abord sur la pesanteur de la statue : mais, Marie ayant insisté, Hyacinthe la prit et la trouva légère comme une plume.
(*V. la Légende dorée.*)

M

Invitaient les passans à faire la prière;
Grossièrement taillée, aux regards attendris,
Une bûche, plus loin, offrait un crucifix.
Tout se changeait en Dieu sous les doigts à muscade.
Un villageois assomme un vieil âne malade;
Un jeune artiste espiègle, élève de Pujet (1),
Parvient à faire un Christ d'un des os du baudet.
La monture du Dieu fournit le Dieu lui-même;
Le tibia d'un âne offre le Dieu suprême.
Vivant, Guillot de coups rouait notre héros;
Mort, Guillot l'imbécille adore un de ses os.
En broutant ses chardons, fier de l'apothéose,
Plus d'un baudet sourit de la métamorphose,
Tandis que de martin l'os en Dieu transformé
Ouvre les yeux, frémit, et parait animé.
Un hermite éternue en passant son cilice;
Le tibia poli lui dit : Dieu vous bénisse !
Ainsi tous les dévots avaient des visions;
Le Ciel leur envoyait des apparitions.
Jésus-Christ visita la petite Thérèse;
Il la prit pour épouse, et la fit pâmer d'aise (2).
La Vierge à Saint-Bernard un beau jour apparut
Et poliment, trois fois, lui rendit son salut. (3)

---

(1) Pierre-Paul Pujet, célèbre sculpteur, né à Marseille en 1623, mort en 1795. Il excellait aussi dans la peinture et dans l'architecture.

(2) *Hinc promeruit fieri instrumentum, quo Deus mirabilia operaretur, nec non audire Christum, data dextera dicentem sibi: Deinceps ut vera sponsa meum zelabis honorem; et videre, ac sentire angelum ignito jaculo sibi præcordia transverberantem.*

(Vin. carm. pag. 556)

(3) Saint Bernard avait beaucoup de dévotion à la Vierge, et ne récitait jamais le *Salve Regina* qu'il ne fit trois génuflexions

Chaque Saint, à son tour, descendit sur la terre;
Saint Denis, à Paris; Saint Georges, en Angleterre;
Tout cœur vraiment dévot fut ainsi visité:
Sans apparition point de mysticité.

Il est tout naturel qu'en dévote soumise,
Attachée au Saint Diacre, ainsi qu'à son Eglise,
Soit visite réelle, ou vaine illusion,
L'illustre présidente ait une vision.

Mais dans ce trouble affreux où l'Eglise est plongée,
Dans ce torrent de maux dont elle est affligée,
Que font, en cet instant contre leurs ennemis
Du Consistoire saint les membres réunis?
Hélas! seul, en un coin, le président roupille;
Grégoire boit un coup, se console et babille.
J'aperçois, d'autre part, Griffonnet griffonnant;
Madame *Crux-Ave*, criant, grondant, tonnant;
Croûton désespéré, Trigaud perdant la carte
Et Monchien s'escrimant et de tierce et de quarte.
Auprès de Clopinel chacun court se ranger.
Le prudent Consistoire, en ce pressant danger,
Craignant de se trouver victime de la crise,

à ces mots: *ô Clemens! ô Pia! ô dulcis virgo Maria!* Un
jour qu'il récitait cette antienne, et qu'à l'*ô Clemens*, il faisait
sa première génuflexion, l'image de la Vierge, devant laquelle
il était, lui fit une profonde révérence, en lui disant; *Salve
Bernarde.* Le Saint continua de saluer l'image en disant: *ô Pia!*
Nouvelle révérence de l'image. A la troisième génuflexion de
Bernard, lors de l'*ô Dulcis!* la Vierge ne voulant pas être en
reste de courtoisie envers l'homme de Dieu, tripla le *Salve
Bernarde.*

(*Medul. vit. S. Bernard.*)

M 2

Dit qu'il ne répond plus du salut de l'Eglise ;
Que les rênes du culte exigent d'autres mains,
Et qu'il va déposer les pouvoirs souverains.
De son côté, Croûton abandonne la cure,
Et cet accord heureux est du meilleur augure.
On verra dans le temple enfin régner la paix !
On verra !... mais le diable, amis, ne dort jamais ;
Le diable ! qu'ai-je dit ? Du séjour du tonnerre,
C'est parbleu bien un saint qui nous porte la guerre.
Que cet évènement ne nous surprenne pas !
Un Saint valut toujours le diable en pareil cas.

Madame *Crux-Ave*, seule en son oratoire,
Achevait l'oraison *dite* jaculatoire :
Humblement à genoux, et le corps incliné,
L'oratoire soudain se trouve illuminé.
Et par certaine odeur d'entre-côte rôtie,
Du nom du bienheureux, madame est avertie.
Elle voit, en effet, monseigneur Saint-Laurent,
D'une belle auréole entouré, rayonnant,
Qui, placé sur son gril, comme sur un nuage,
Venait de la dévote enflammer le courage.
« Je ne vous ferai point, ma sœur, un long discours.
» Un saint, un Dieu-machine est un faible recours !
» Horace le défend pour briller sur la scène (1),
» Du céleste pourpris, si le zèle m'amène,
» C'est que l'Eglise-Sainte, en ce fâcheux moment,
» Ne peut plus faire, hélas ! qu'un mauvais dénoûment.
» Les siècles écoulés, fertiles en miracles,
» Etaient bons, comme on sait, pour les faiseurs d'oracles ;

______

(1) *Nec Deus intersit, nisi dignus vindice nodus
Inciderit.* (*De arte poetica.*)

» Un prêtre, en notre nom, faisait parler le sort :
» Mais les temps sont changés, et le grand Pan est mort. (1)
» A quoi bon vous citer ce qu'a dit Fontenelle ?
» Vous devez voir aux pleurs qui mouillent ma prunelle,
» Que mon cœur est en proie au plus cruel chagrin.
» Croûton est un béat, Clopinel un faquin.
» Protégez le premier... Anathême sur l'autre !
» Croûton est *du vrai bois* dont on fait un apôtre.

---

(1) « Le pilote Thamas, étant un soir vers de certaines îles
» de la mer Egée, entendit une voix qui l'appellait, et qui lui
» dit, que quand il serait arrivé à certain lieu, il criât : *le Grand*
» *Pan est mort !* arrivé au lieu marqué, il se mit à crier de
» toutes ses forces, *que le Grand Pan était mort.* A peine avait-
» il cessé de parler, que l'on entendit de tous côtés des plaintes
» et des gémissemens, comme d'un grand nombre de personnes
» affligées et surprises de cette nouvelle ».

(Hist. des Oracles. Chap. I.)

Fontenelle raconte cette petite historiette d'après Plutarque.
On a cherché, dit-il, à connaitre quel était ce *Grand Pan.* Les
uns ont dit que c'était le chef des Démons, dont les oracles imposteurs se sont tus à la venue de Jésus-Christ ; d'autres ont assuré, au contraire, que c'était Jésus-Christ lui-même, dont la
mort a sauvé le genre-humain, et parconséquent, attristé les
démons.

Les oracles de Jésus - Christ doivent maintenant cesser avec
Jésus-Christ. Or, cette fois, on peut dire *que le Grand Pan est*
mort. Vraisemblablement, c'est pour long-temps.

On pourrait demander où Saint-Laurent, mort au milieu du
troisième siècle, a pu prendre connaissance d'un ouvrage qui
n'a paru que dans le dix-huitième siècle. Nous pouvons répondre
à cela, que le livre doit être immanquablement à *l'Index* du
paradis. C'est - là que le diacre éploré l'a connu.

» Peut-être un jour !.. Adieu. Je regagne les cieux ;
» Pour pleurer, à mon aise, au sein des bienheureux. »

Madame *Crux-Ave* rend compte au Consistoire
Du discours de Laurent, gravé dans sa mémoire.
Croûton, preux chevalier, sur la selle affermi,
Veut rompre une autre lance avec son ennemi.
Monchien ne fut jamais plus fier, plus redoutable.
L'empesé sacristain reprend son air capable ;
Et pour mieux empêcher tout retour à la paix ,
Le prudent Griffonnet écrit sur nouveaux frais.
Déjà le fiel amer dont sa plume est empreinte,
Dans l'âme du pasteur a répandu la crainte.
Sur les ailes du temps dignement emporté ,
Cet exploit doit passer à l'immortalité.

L'an sept... etc. *Passons.* A la requête
De messieurs *Crux-Ave,* Trigaud, Monchien, Labête,
Tous administrateurs du culte à Saint-Laurent,
Je, Giles Griffonnet, huissier, par le présent
Fais au sieur Clopinel, se disant prêtre encore,
Parlant à sa personne, à ce qu'il n'en ignore,
Très-expresse défense , à compter de demain,
D'oser se présenter chez le sieur sacristain ;
D'y demander surplis ; aube, chasuble, étole,
Et d'oser consacrer le pain de la parole.
Lui défendons en sus d'entrer dans le saint lieu ,
Sous prétexte d'y faire ou manger ledit Dieu ;
Déclarant, qu'en ce cas , il serait fait enquête :
De tout quoi , ledit sieur *répondra sur sa tête* ! (1)
Malgré ce beau chef-d'œuvre, on craint que Clopinel

––––––––––––––––––––

(1) *Expressions de l'exploit.*

Ne soit assez hardi pour monter à l'autel.
Un prêtre...(que ne peut l'esprit du sacerdoce!)
Promet de l'effrayer, par un mensonge atroce.
Il va chez lui, l'embrasse, et tout mouillé de pleurs,
Je partage, dit-il, vivement vos douleurs,
Mon frère! de Croûton je fus, je vous l'avoue,
Le zélé partisan : mais c'est un cœur de boue!
Je connais maintenant ce scélérat profond.
Je le dis à regret : tant d'horreur me confond!
Le perfide! oubliant son Dieu, sa conscience,
Il a des magistrats surpris la confiance.
On a, sur son rapport, quelque temps balancé :
Mais le mandat d'arrêt contre vous est lancé.
Pour sauver l'innocent, j'ai bravé sa colère ;
J'ai dû vous avertir. Fuyez! fuyez, mon frère!
J'irais, à votre place, au bout de l'univers,
Et mettrais entre nous l'immensité des mers.
Clopinel voit le piège, et pourtant dissimule.
A la ruse du monstre il offre un front crédule ;
Il feint de succomber, de céder à la peur,
Et jouit du plaisir de tromper un trompeur.

La Nuit, fille du Stix, a replié ses voiles.
L'Aurore, au front riant, fait pâlir les Etoiles,
Et, comme au temps du Dieu mort et ressuscité,
Le messager du jour par trois fois a chanté.
Le samedi n'est plus ; le dimanche commence.
Tout l'univers chrétien, dans un morne silence,
Prévoyant des dangers, des luttes, des combats,
Des plans du Consistoire attend les résultats.
Qui, de Gargarita, ceindra le diadême ?
Qui recevra l'encens ?.. C'est encore un problême.
On voit sur deux rivaux balancer par le sort,

La coupe de la vie et l'urne de la mort.
Chacun pour son pasteur fait des vœux à la Vierge,
Invoque le Saint Diacre et lui promet un cierge.

Tels , à midi, le seize ou le premier du mois ,
D'adroits calculateurs qui , par un heureux choix,
Se flattent de fixer la fortune volage ,
Avec inquiétude attendent le tirage.

A l'instant où Crouton , de sa gloire enivré
Se croit , de son rival , pour jamais délivré ,
Ce rival , le premier pour gagner la partie ,
Pénétre fièrement jusqu'à la sacristie.
A ce terrible aspect, le sacristain tremblant ,
Le prend pour un fantôme , et crie au revenant.
Il le croyait si loin !.. Point de bruit , dit le prêtre,
Où sont les ornemens ? – Les ornemens ? – Oui , traître !
Je prétends les avoir soudain ; c'est entendu ....
(Donner les ornemens , quand on l'a défendu!)
Il ne peut s'y résoudre , il hésite , il s'écrie :
« Vous voulez les avoir ! de quel droit, je vous prie ?
-- *Du droit qu'un esprit vaste et ferme en ses desseins*
A sur l'esprit grossier des vulgaires humains. (1)
--Ha ! c'est tout différent , et je conçois la chose...
Par ce distique heureux , Clopinel en impose.
Dans ses regards , d'ailleurs , éclate la fierté.
De son front sourcilleux la sombre majesté,
Je ne sais quoi d'auguste empreint sur son visage ,
Commande le respect au sacristain sauvage.
Ainsi de Coligny , qui s'offrait à leurs coups ,

----

(1) Où diable Clopinel a-t-il appris ces deux vers de Mahomet ?
On peut être étonné que sa littérature s'étende jusques-là.

Les

Les lâches assassins embrassaient les genoux.
Les ornemens atteints, Clopinel s'en affuble ;
Il passe brusquement, et l'aube et la chasuble
S'empare du calice, et se cache en un coin,
Sûr de se trouver près, quand on le croira loin.
Laurent qui, dans les cieux, s'était mis en vedette,
Le voit, pâlit de rage, et brise sa lorgnette.

Les administrateurs , dans un moment d'effroi,
Ayant imprudemment abdiqué leur emploi,
Les chrétiens vont nommer un nouveau Consistoire.
Le salut de l'Eglise, ainsi qu'on peut le croire ,
Dépendant de Monchien , de ses sages amis,
Griffonnet rumina, puis ouvrit cet avis :
La coupe du pouvoir renferme l'ambroisie :
On veut la conserver dès-lors qu'on la saisie.
Ce breuvage est si doux , son parfum si flatteur ,
Qu'on dépose à regret le vase séducteur !
Vous voulez, de nouveau, messieurs, mordre à la grappe,
Ressaisir fièrement un pouvoir qui s'échappe ?
Hé bien !.. pour éviter l'éclat confus des voix ,
De nouveaux candidats, vous-même , faites choix.
Pour ne point, sur vos pas, trouver d'antagoniste ,
Que vos noms seuls , messieurs , figurent sur la liste.
Un votant se présente ? on lui dira : Signez !
Chacun vient à la file : on signe , et vous règnez.
Cet avis fut goûté : la liste présentée,
A l'unanimité soudain fut adoptée ;
Et si quelqu'un doutait des faits articulés ,
Qu'il consulte la liste, elle est sous les scellés.

Tels , au fort de l'hiver , du sommet des montagnes,
On voit d'avides loups fondre sur les campagnes ;

N

Tels on vit se presser vers le temple fameux ;
Des dévots inquiets les flots impétueux.
Comme un torrent, la foule en l'Eglise s'élance...
Mais, quel objet nouveau commande le silence ?
Quelle main décrira le trouble universel ?...
Deux prêtres, à la fois, paraissent à l'autel.
Tous deux y sont montés par une voie oblique ;
Tous deux sont revêtus du costume magique ;
Tous deux portent le pain qui va devenir Dieu,
Et deux dieux à la fois vont descendre en ce lieu.
Leurs fabricans, jaloux, tous deux entrent en lice ;
On croit voir Eteocle, on croit voir Polinice ;
On tremble (sans compter celui du Dieu pendu ,)
De voir le sang couler près l'autel répandu.
Mais, quel Dieu bienfaisant, a suspendu leur rage ?..
De Croûton la surprise a glacé le courage.
De ses transports brûlans, modérant la chaleur,
L'autre, à la défensive, a borné sa valeur.
Pendant quelques instans, ces athlètes débiles,
Bras tendu, poing fermé, demeurent immobiles.
Ainsi de Don-Quichotte et de Sancho-Pança,
Au château de Médoc le combat commença ,
Quand, pour leur épargner la moindre égratignure,
Un sage négromant enchanta leur armure.

Le sort en est jeté. C'en est fait, et Croûton,
D'un bras sec et nerveux, guidé par Alecton,
D'un coup, par la mâchoire, annonçant l'offensive,
Brise, de Clopinel, la première incisive.
Mais, calculant son coup, l'illustre confesseur,
Soudain, d'un pied perfide, a frappé l'agresseur.
A ce coup imprévu, tous ses sens s'affaiblissent.
Crux-Ave jète un cri, les femmes en frémissent,

Et l'on vit dans sa niche , à ce coup inhumain ;
Un vieux Saint effrayé , se retourner soudain.
Le blessé , de ses sens , ayant repris l'usage,
De ses dix doigts crispés , se cramponne au visage ;
Ses dix ongles crochus , en longs sillons égaux ,
Font ruisseler le sang par autant de canaux.
Cependant Clopinel , brave comme un Saint George ;
Saisit avec fureur , son rival à la gorge ;
Il le presse , il l'étouffe , et d'un pied chancelant,
Croûton , près de l'autel , va tomber défaillant.
Sa défaite , pourtant , ne suspend point la lutte ;
Il entraîne aussitôt son rival dans sa chute ,
Et par le désespoir doublement animé ,
Le tient long-temps sous lui fortement comprimé.
D'un coup de dent terrible... ô surprise ! ô merveille !
Celui-ci lui déchire une moitié d'oreille.
Ce coup n'est pas loyal ! s'écrie alors Monchien !
Vous le voyez , messieurs , il se bat comme un chien.
Déchirer une oreille , est un trait janséniste...
De quoi te mêles-tu ? dit un Clopinelliste.
Es-tu juge du camp, pour régler les combats ?
L'impétueux Monchien , soudain lève le bras,
Et d'un large soufflet , donné d'une main sûre ,
Punit de l'orateur l'insolente censure.
Celui-ci , brusquement au collet le saisit ,
Et sert , à poing fermé , la rage qui l'aigrit.
Alors le Consistoire à Griffonnet délègue
Le pouvoir de voler au secours du collègue ;
Mais au sein des dévots , ce membre de Thémis,
Depuis certains exploits avait des ennemis,
Et ce fier officier, la terreur des familles,
Est reçu comme un chien l'est dans un jeu de quilles.
De ses cris douloureux la voûte a retenti.

Chacun, suivant son cœur, s'enflamme et prend parti;
Les pieds, les poings, les dents, les chaises, tout s'en mêle.
Par-tout les horions tombent comme la grêle.
Grégoire sur la croix s'élance avec fureur.
C'est la lance d'Achille, et le nez du Sauveur,
Étonné de servir une guerre intestine,
Là, brise un estomac; ici, froisse une échine.
Burettes, encensoirs, bannière, chandeliers,
Arment du bon Jésus les dignes chevaliers.
Les hommes, d'autre part, hardiment se soulèvent;
Les bonnets arrachés à la voûte s'élèvent,
Et ce conflit sacré découvre des appas
Qu'à l'éclat du grand jour l'honneur n'appelle pas.

Sur les faibles jouets de sa vengeance atroce
On vit planer en l'air l'esprit du sacerdoce.
Sur l'autel, où jadis montait Gargarita,
D'un rire inextinguible on dit qu'il éclata.
Mais dans le même instant l'éclair brille et la foudre
Frappe, brise l'autel et le réduit en poudre.
La liberté paraît; la pitié la conduit,
La raison la devance et le bonheur la suit.
Ce n'est point ce Jésus, qu'on donna pour exemple,
Chassant, à coups de fouet, tous les marchands du temple,
C'est une mère tendre, aux regards éplorés,
Qui dessille les yeux de ses fils égarés:
Arrêtez! leur dit-elle; abjurez des chimères.
Sert-on le Dieu de paix en égorgeant ses frères?
Adorez, respectez ses décrets éternels;
Fuyez ces lieux impurs, ces pontifes cruels;
Soyez justes, humains, et servez la patrie:
Allez, tout autre culte est une idolâtrie.
Elle dit, et déjà ces mortels insensés,

Le remords dans le cœur, au loin sont dispersés.
De l'antre des vautours elle ferme l'enceinte,
Et de son sceau divin y dépose l'empreinte.

De ce temple fameux illustres régisseurs,
Qui, dans ces saints combats, fûtes les agresseurs,
Qui des croyans séduits dirigiez les cohortes,
En vain vous vous flattez d'en voir rouvrir les portes.
Ses murs sont entourés d'un éternel airain !
D'ennemis, tels que vous, que peut la faible main ?
Le temps a, dans son cours, dévoré votre gloire,
Et gravé pour jamais : *Cy-gît le Consistoire*.

F I N.

Contraste insuffisant

NF Z 43-120-14

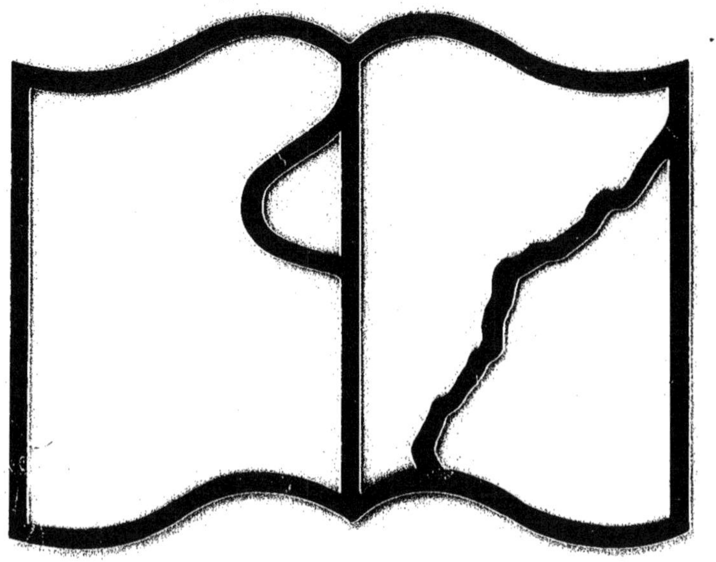

Texte détérioré — reliure défectueuse

NF Z 43-120-11

MONTMARTRE

La Mosaïque

de la Voûte du Chœur

Abbé P. LALIGANT

Chapelain de la Basilique du Sacré-Cœur.

Montmartre

La Mosaïque
de la Voûte du Chœur

Édité par les Chapelains de la Basilique

PARIS

Imprimerie des Orphelins-Apprentis d'Auteuil

40, rue La Fontaine, 40

1923

La Mosaïque de la Voûte du Chœur.

MONTMARTRE

La Mosaïque de la Voûte du Chœur

Peu à peu, la Basilique élevée par la France au Sacré Cœur de Jésus, qui profile sur le ciel les lignes harmonieuses de ses coupoles et de son campanile, revêt intérieurement sa parure définitive. Elle agrafe à son manteau de pierre des ornements précieux, de belles réalités d'art, que mettent en clarté, les chaudes colorations d'or, de pourpre et d'azur qui tombent de ses vitraux. Et la mosaïque y allège, par ses vibrations éclatantes, les murailles, les piliers et le dôme, qui jusqu'alors semblaient peser lourdement sur leurs assises.

Une œuvre d'art et un acte de foi.

L'immense mosaïque d'émail qui réchauffe désormais la froideur de la voûte, n'achève pas seulement la décoration du sanctuaire ; elle réalise encore un désir du Sacré Cœur, qui a voulu que dans l'église nationale, élevée à sa glorification, son image fût sensible à tous les regards.

L'apparition de cette mosaïque décorative est donc, tout ensemble, un événement religieux et un événement d'art, où la foi et la beauté, comme si souvent dans l'histoire chrétienne, se sont donné rendez-vous. Et leur fraternelle étreinte est si étroite, qu'on ne sait plus distinguer qui est venu au-devant de l'autre, qui donne et qui reçoit, dans cette apothéose de l'art et de la religion.

Ces quelques pages apprendront aux fidèles habitués, ou aux pèlerins de passage, qui aiment la Basilique de Montmartre, et qui en suivent avec joie les progrès, de quelle parure elle vient de s'enrichir.

Cette voûte, aux reflets mystérieux, profonde comme un ciel, ouvert au-dessus du maître-autel, est un nouvel hommage au Cœur sacré, que son amour a abaissé jusqu'à demeurer dans ce sanctuaire, pour en être l'indicible richesse, et que notre amour voudrait triomphant et glorieux.

CHAPITRE PREMIER
Les Modèles

La mosaïque était, jusqu'à ces dernières années, un art presque inconnu en France. Mais ailleurs, on avait su apprécier sa puissance décorative. Nous pourrions dire, suivant la formule consacrée, qu'elle remonte à la plus haute antiquité. L'Extrême-Orient ne l'ignora point, et le livre d'Esther mentionne un riche dallage, sur lequel les gemmes incrustées faisaient une merveilleuse tenture. Les Grecs la révélèrent aux Romains, qui lui firent bon accueil. Du sol, la mosaïque s'élève aux lambris. Pourtant, jusqu'au IVe siècle, elle gardera son caractère de pierres précieuses.

Après l'édit de Constantin, l'Église sort des catacombes et s'épanouit en plein jour. Il fallait pour ses fidèles, de larges salles de réunion, dont les points d'appui ne fussent pas un obstacle à la vue de l'autel. De là, des parois et des voûtes à décorer. On y vit briller l'or, et, dans les fonds qui furent d'abord d'un bleu intense, des silhouettes claires se détachèrent.

L'Église avait ainsi donné l'essor à la mosaïque.

Rome.

Dans la Rome pontificale, c'est un flamboiement.

Il y reste des Ve et VIe siècles, et même du IVe, — puisque le baptistère du Latran et l'abside de Sainte-Pudentienne remontent jusque-là, — des spécimens admirables et resplendissants. Sainte-Marie-Majeure, Sainte-Praxède, Saint-Paul-hors-les-Murs, Saint-Nérée et Saint-Achillée, ont des arcs triomphaux et des voûtes absidales, où de multiples épisodes illustrent l'histoire biblique et évangélique. On y voit une heureuse fusion des traditions gréco-romaines et de la pompe orientale, dans ces mosaïques, chefs-d'œuvre du premier art chrétien. Les formes ont encore une solidité sculpturale. Le coloris est d'une intensité splendide. Il y a des harmonies magnifiques de bleu et d'or...

La mosaïque des Saints-Côme et Damien, — l'église du Forum, qui semble veiller sur tant de ruines païennes ! — est la dernière œuvre où l'art chrétien de Rome montre encore dans le modelé des visages et le jet des draperies, une science qui est l'héritage de l'antiquité. Quand elle fut commencée, Rome était en perpétuel état de siège. Après les Goths, les Lombards venaient battre ses murailles. Les calamités naturelles y achevaient les ravages des armées ; les inondations la dévastaient. Tous les fléaux étaient déchaînés contre la ville.

Rome n'a plus aucune décoration à opposer aux mosaïques qui se déploient à Ravenne.

Ravenne.

Depuis le milieu du ve siècle, la ville écartée, où Honorius avait transporté sa cour, sur les côtes de l'Adriatique, s'était couverte d'églises, dont chacune resplendissait d'émaux et d'or. C'est là que l'impératrice Galla Placidia, fille de Théodose, fera exécuter les célèbres mosaïques du Baptistère des Orthodoxes et du Mausolée, avec ces paysages où repose le Bon Pasteur, et ces étoiles d'or qui brillent dans le bleu profond de la coupole. C'est là que Justinien décorera le Baptistère des Goths, Saint-Apollinaire-le-Neuf et Saint-Vital. Quinze siècles plus tard, c'est toujours le même éblouissement, devant ces richesses accumulées, qui revêtent des surfaces de briques, devant ces panneaux, ces voûtes, ces coupoles, qu'animent tout un peuple de saints dans leur gloire, ou bien la solennelle ordonnance d'une cour impériale. Même aux heures plus douces du crépuscule, partout des paillettes s'allument, aux angles des corniches et aux arêtes des arcs, dans les fauves reflets d'un ciel étoilé d'or, où flamboie le grand Christ byzantin.

Sur ces riches colorations, sur ce merveilleux décor, tout un monde de chrétiens levaient les yeux. Une atmosphère surnaturelle s'en dégageait. Ces églises étaient pleines d'enseignements. Elles s'ouvraient pour eux, comme « le grand livre de pierre » que chacun savait lire.

*
* *

Ce VIe siècle est aussi celui de Sainte-Sophie de Constantinople. Mais ces mosaïques éclatantes, nous ne pouvons plus les voir. « Le Turc a passé là !... »

Au VIIe siècle, l'art de la mosaïque est peu cultivé.

Au VIIIe siècle, c'est la querelle des Iconoclastes...

Une période difficile pour les mosaïstes.

Ces empereurs d'Orient avaient trop souvent la prétention d'être des docteurs de l'Église. C'est ainsi que Léon III l'Isaurien, batailleur et brutal, — le même qui avait forcé les Juifs à recevoir le baptême, — s'insurgea contre le culte des images. En même temps qu'un édit qui interdisait de les vénérer, il fit briser un crucifix surmontant la porte de bronze du palais impérial. Émeute populaire, sages conseils du Souverain Pontife, protestations du patriarche de Constantinople, précisions doctrinales de saint Jean Damascène, rien ne put arrêter la persécution. Constantin Copronyme, fils de l'Isaurien, aggrava l'affaire. Pour vaincre la résistance du Pape et des patriarches qui avaient rejeté les décrets d'un pseudo-concile, l'empereur fit détruire les images, recouvrir d'un enduit l'éclat des mosaïques, dévaster les églises, profaner les couvents, massacrer les moines.

Le second Concile de Nicée s'ouvrit enfin, sous la présidence des légats du pape Adrien Ier (787). Les Pères affirmèrent qu'il était permis de témoigner aux images saintes respect et vénération, et l'Église condamnant l'hérésie prit sous sa protection les mosaïques. Mais la querelle rebondit encore sous les empereurs suivants, et l'alerte fut chaude jusqu'au milieu du IXe siècle.

Les violences des iconoclastes marquèrent un temps d'arrêt dans le développement de l'art byzantin, en Orient. Sans emploi désormais, puisque les images étaient interdites, les mosaïstes affluèrent dans l'empire d'Occident, reconstitué sous Charlemagne. Ils y fondèrent des écoles dont les grandes abbayes favorisèrent l'expansion.

En Grèce.

Avec le IXe siècle, tandis que l'art italien n'accuse aucun progrès, les monastères de la Phocide et l'église de Daphni, sur la route d'Athènes à Eleusis, caractérisent l'évolution de la mosaïque, par des finesses de dessin, de délicates figures, des tons plus variés que ceux des premiers siècles. Ces méthodes nouvelles, — dont le défaut est de trop rapprocher la mosaïque de la peinture, — furent appliquées dès le XIe siècle dans tout le pays où s'étendait l'influence de l'art byzantin. En Vénétie pendant le moyen-âge ; en Sicile, sous les princes normands ; dans le royaume de Naples, sous les princes français de la maison d'Anjou ; à Rome et en Toscane.

A Venise.

L'art byzantin y fut souverain du IXe au XIIe siècle.

Et les coupoles de Saint-Marc suffisent à caractériser ces magnifiques tentures, que les mosaïstes appliquaient à la surface totale de l'édifice, arrondissant tous les angles, ainsi que la technique l'exigeait, pour n'avoir aucune ligne d'arrêt dans leur splendide revêtement.

A cause des fonds d'or, l'éclairage y était discrètement distribué par des ouvertures étroites, qui conservaient à l'ensemble de la décoration, un demi-jour mystérieux, sans que l'éclat des fonds vînt nuire à l'ensemble. A Saint-Marc, la mosaïque n'apparaît pas en élément isolé, et comme un décor accessoire de l'architecture. Elle recouvre tout, elle enrichit tout, elle illumine tout, de ses émaux polychromes et de ses ors. Galeries, coupoles, voûtes, arcs, pendentifs, tympans, sont occupés dans toute leur étendue par la plus étrange variété de sujets ; les épisodes de l'Ancien et du Nouveau Testament et ceux de l'Histoire contemporaine. Ces grandes compositions aux multiples personnages, restent très claires pour le spectateur, malgré des finesses d'exécution, qui, là comme en Grèce, accusent la seconde floraison de la mosaïque byzantine.

En Sicile.

Dans cette île, conquise tour à tour par les Arabes, puis par les princes normands, ces derniers construisirent au XIIe siècle la vieille forteresse où l'on trouve une œuvre admirable de couleur : la chapelle Palatine.

L'enchantement se poursuit, dans la basilique de Monreale, toute proche de Palerme, comme dans l'église de Cefalù. Partout, l'œil charmé croit voir la gerbe qui termine le feu de joie des artificiers. Si l'on compare ces coupoles et ces murailles siciliennes du XIIe siècle aux mosaïques ravennates des Ve et VIe siècles, on est frappé du progrès accompli dans l'interprétation de la forme et dans l'expression du sentiment. Il y a moins de raideur, les compositions s'élargissent, les colorations arrivent à l'éblouissement. Ces figures sont assurément plus agréables à regarder que celles du Florentin Cimabué, qui passe pour être le père de la Renaissance en Italie et qui ne vint qu'un siècle après les maîtres siciliens. Ne serait-il pas plus juste de dire que ce sont eux les vrais précurseurs ?

Les marbres incrustés.

C'est une des applications les plus intéressantes qui aient été faites de la mosaïque en Italie. C'est encore en Sicile et dans le royaume de Naples qu'il en faut chercher les plus admirables spécimens, à la cathédrale de Salerne, à la chapelle Palatine, à la Martorana de Palerme, à l'église de Monreale... La nouveauté, c'était de substituer au décor de relief le décor de couleur, et de réaliser ainsi des effets très puissants. Les cubes de verre, taillés comme des pierres fines, dessinent par incrustation des torsades, des entrelacs, décorent les panneaux des ambons et des chaires, courent sur les faces verticales des marches. Des marbres précieux complètent ces incrustations dont les tons dominants sont le rouge, le blanc, le noir, le vert foncé, l'or. C'est un art fantaisiste et savant. Jamais le luxe du décor ne fut poussé plus loin que dans ce XIIe siècle, sous la domination normande, dont la prospérité est attestée par la richesse de ses monuments.

De la Sicile et de l'Italie méridionale, le goût des mosaïques incrustées s'étendait à Rome; on en voit sur les sièges pontificaux de Saint-Laurent-hors-les-Murs et sur les monuments funéraires de l'Ara-Cœli. Elles s'enroulent autour des cloîtres de Saint-Jean de Latran et de Saint-Paul-hors-les-Murs, dont elles assouplissent les formes. Rien n'est léger et gracieux comme ces colonnettes de marbre, qui encadrent des jardins de roses et d'orangers. Et nul monument n'a le charme souriant de ces cloîtres romains, où la même nappe de soleil avive tout ensemble l'éclat des fleurs et celui des mosaïques.

La Décadence.

Cependant, dès le xive siècle, toutes ces merveilleuses ressources n'étaient plus appréciées. On ne verra plus désormais aux absides des églises les larges compositions aux thèmes familiers : le Christ en gloire, parmi les apôtres alignés, la procession des agneaux, la rangée des candélabres de l'Apocalypse. On n'y verra plus, comme à Sainte-Marie du Transtévère, le groupe formé par la sainte Vierge, venant s'asseoir à côté de son divin Fils, qui l'attire à lui dans un geste, dont la grâce familière a rompu avec le style byzantin. On n'y trouvera plus comme à Sainte-Marie-Majeure ou à Saint-Jean-de-Latran, des œuvres semblables à celles de Gaddo Gaddi ou de Jacopo Torriti, avec l'allure solennelle, le modelé accentué, le coloris magnifique des mosaïstes de Byzance, mais d'un sentiment nouveau, d'une souplesse pleine d'animation, illustrées d'images de gloire, jusqu'alors inconnues.

C'en est fini désormais des incrustations gracieuses, dans les marbres auxquels l'émail communiquait tant de chaleur ; des bas-reliefs, des trônes, des ambons, des chaires, des candélabres, que signait un Vassaletto. On découvrira quelques panneaux, pauvrement encadrés, au dôme de Florence ou à celui de Pise. C'est tout...

Depuis longtemps déjà, les décorations d'émail avaient une finesse et une élégance inquiétantes. Elles perdaient la simplicité un peu rude, la franchise d'exécution des siècles précédents. Avec l'aube de la Renaissance, c'est la décadence de la mosaïque. Vainement, elle tentera de prolonger sa vie, en transformant sa manière, en se faisant peinture. Après quelques suprêmes efforts, elle s'inclinera définitivement devant son grand rival : le tableau de chevalet.

Des chefs-d'œuvre qui sont une erreur.

Il s'était conservé, à Venise, une école de mosaïstes pour la décoration de Saint-Marc. Clément VIII confia aux plus célèbres d'entre eux la coupole de Saint-Pierre. Sous son pontificat, et ceux qui suivirent, les meilleures pages de la Renaissance furent copiées en mosaïques. Elles ne sont pas les moindres ornements de la Basilique vaticane. On ne saurait imaginer exécution plus parfaite. La palette des émaux fut enrichie des nuances les plus variées. Certains de ces tableaux de verre ont jusqu'à dix mille nuances et présentent un tel fini, qu'on ne saurait les distinguer d'une peinture à l'huile. Cette puissance d'illusion est une merveille ; c'est aussi une erreur. Confondre la mosaïque et le tableau, c'est une incontestable décadence pour l'art décoratif, et il est permis de s'étonner que les Tintoret, les Titien, les Véronèse, aient fourni les cartons, et dirigé ce mouvement.

Ce qui amena peu à peu de tels artistes à commettre cette faute, ce fut l'oubli du caractère propre de la mosaïque. Chaque matière, employée dans l'art décoratif, — que ce soit la couleur à l'huile, la laine, l'émail, le verre, la terre cuite, la faïence, — a une qualité expressive différente. De telle sorte qu'un sujet rendu par l'une d'elles, ne pourra jamais être traduit dans son véritable esprit par une autre. Pourquoi la torturer, en lui faisant dire ce qu'elle n'a pas mission d'exprimer, alors qu'il y a des choses qu'elle dit si bien ?

C'est dans cette direction que la fabrique de mosaïques du Vatican a continué jusqu'à nos jours ses travaux d'une exécution merveilleuse et d'une délicatesse infinie. Les artistes qui s'y livrent distinguent entre les émaux, des milliers et des milliers de nuances, et la reproduction d'un tableau de grand maître exige parfois vingt ans de labeur.

Le Renouveau.

Il date de la fin du XIXe siècle.

Et c'est de la France que sont partis les premiers essais de reconstitution, de cet art somptueux et charmant.

Chez nous, jadis, la mosaïque avait fait scintiller de reflets dorés le sol et les murs de la Daurade, à Toulouse. Les églises de Nantes, de Lyon, de Tours, brillaient d'un incomparable éclat. Les contemporains l'affirment, et ces contemporains s'appellent : Sidoine Apollinaire et Fortunat de Poitiers. Il ne reste plus rien de cette période latine. De l'époque carlovingienne, il subsiste un fragment : l'abside de Germigny-les-Prés, dans le Loiret, où se trouve représentée l'arche d'alliance, entourée d'anges aux ailes étendues.

Les siècles passent, les longs siècles, où ces merveilles décoratives, qui couvraient les murs du moyen âge, ne furent plus comprises. Mais insensiblement, le goût moderne rechercha la saveur de cet art si longtemps délaissé. Depuis un demi-siècle environ, on assiste à un renouveau véritable. La tâche des artistes y fut singulièrement malaisée. Les traditions verbales, que l'élève du moyen-âge apprenait directement du maître ou du mosaïste-verrier, à son entrée dans l'atelier, les lois qui avaient été établies sur une longue et profonde observation des effets décoratifs, tout était oublié. Les artistes durent tout retrouver, à force d'étude et de talent.

Charles Garnier, le premier, sans doute, tenta l'entreprise : quelques caissons, à figures entourées d'arabesques, décorèrent, à l'*Opéra*, les voûtes de l'avant-foyer. Il fit appel au concours des italiens Salviati et Facchina, — car il n'existait pas alors d'atelier de mosaïstes, en France. — Par le large emploi qu'il fit de la mosaïque d'émail et d'or, il rompait avec le style affadi des siècles précédents.

C'est également dans cette voie que s'engagea, dès 1876, *l'atelier national de Sèvres ;* mais timidement, avec des indécisions.

On voit néanmoins de grands travaux intéressants : la *cathédrale de Marseille,* puis la figure colossale du Christ, d'après les cartons d'Hébert. Mais cette mosaïque employée isolément sur la pierre blanche de *l'abside du Panthéon,* ne donne qu'une tache violente de couleur (1880). C'est enfin l'ouvrage de Lenepveu, pour les coupoles de *l'escalier Daru du Louvre,* interrompu par une décoration à l'Exposition universelle de 1889. A cette époque des difficultés budgétaires surgirent, qui occasionnèrent la fermeture de l'atelier national.

Uno avulso, non deficit alter...

L'industrie privée allait continuer à propager la décoration d'émail et d'or. Depuis des années déjà (1883), le chimiste *Guilbert-Martin* avait ouvert à Saint-Denis un atelier de mosaïstes français, annexe de sa fabrique d'émaux. Il fournissait même à la manufacture nationale de Sèvres les matières premières nécessaires à ses travaux. C'est de Saint-Denis, de cet atelier bien français, que vont sortir désormais toutes les belles pages d'art décoratif. Successivement : la grande frise de la *Madeleine,* d'après les cartons de Lameire, où le calme cortège des saints entoure le Christ ressuscité. La *crypte du tombeau de Pasteur,* pur chef-d'œuvre, digne d'abriter les restes de l'illustre savant, et qui rappelle par son ensemble le mausolée de Ravenne. C'est encore le retour du goût, vers les somptueuses décorations du XIIᵉ siècle, qui fournit au peintre Lameire le thème de six compositions, très développées, pour les murailles de l'église votive de *Fourvières*. Enfin, la frise d'Édouard Fournier pour le *Grand-Palais*. Placée à l'extérieur, sous une colonnade, elle forme, avec son lumineux fond rouge, la décoration la plus séduisante du monument, où elle retrace en dix panneaux, gaiement coloriés, les grandes époques de l'histoire de l'Art.

***

Grâce à ces initiatives, la mosaïque faisait de brillants débuts en France. Tout semble indiquer que l'art décoratif, qui revêtait d'une parure éclatante les murailles de Rome et de Ravenne, de Venise et de Palerme, a conquis chez nous ses lettres de naturalisation. Nos architectes ont enfin compris les ressources puissantes et durables qu'ils pouvaient trouver dans la mosaïque d'or et d'émail pour la décoration monumentale.

***

On l'a compris à Montmartre surtout, et la grande mosaïque de la voûte du chœur n'y sera pas une nouveauté.

Le Sanctuaire. — Stalles de Marqueterie. — Dallage de Mosaïque d'émail.

CHAPITRE II

Les Préliminaires à Montmartre

Comme l'abbaye royale de Saint-Denis, au xie siècle, l'église nationale de Montmartre est un chantier de l'art français. Décor des métaux usuels, décor des métaux précieux, décor du bois, décor du verre. Cuivre, bronze, fer, orfèvrerie, bijouterie, joaillerie, menuiserie, marqueterie, vitrail..., partout l'art y est appliqué aux métiers.

Dans les Chapelles.

On s'est bien gardé d'y négliger la mosaïque d'émail et d'or et ses applications originales et somptueuses.

Sur le marbre blanc ou jaune des appuis de communion, soutenus par des balustrades d'onyx rosé, on faisait courir des lignes de cubes brillants et colorés, des combinaisons linéaires jusqu'alors inconnues dans nos églises de France, mais qui donnent tant de charme aux cloîtres romains, aux sanctuaires de Salerne, de Ravello, de Cefalù, à tant d'autres édifices de l'Italie méridionale et de la Sicile, d'une extrême richesse. Elles associaient aux marbres précieux des dallages, leurs souples entrelacs, montaient les marches, dont elles décoraient les faces verticales de leurs paillettes d'or ; escaladaient jusqu'aux ambons, jusqu'aux dossiers des sièges épiscopaux, jusqu'aux rampes de la chaire, opposant leurs tons, mariant leurs harmonies. Partout ces mosaïques incrustées disposaient leurs lignes, leurs cercles chatoyants et bigarrés, leurs dessins toujours logiques, toujours éclatants, toujours d'une fantaisie ingénieuse et charmante.

Et puis la mosaïque d'émail et d'or continuera d'égayer, d'alléger le marbre des dallages et des autels. Mais ce n'étaient plus seulement des lignes, des cercles, des torsades ; les incrustations linéaires et géométriques se transformaient en une flore symbolique et précieuse. Sur le marbre jaune de Sienne, sur le marbre blanc de Carrare, on voyait s'épanouir des violettes, des lis, des pensées et des roses ; des couronnes de feuillages encadraient les initiales des saints ; des marguerites, aux pétales blancs et au cœur d'or, évoquaient la bienheureuse confidente des apparitions de Paray.

Parfois au lieu de fleurs c'étaient des symboles ou des armoiries.

A l'autel de l'Armée, des lauriers s'incrustaient dans le marbre, espoir clairvoyant des victoires prochaines ; mais au soubassement de l'autel d'un style délicat donnant l'impression d'une grande châsse, les mosaïques d'émail représentaient des emblèmes patriotiques et militaires. Les armes de France, aux fleurs de lis, alternant avec les tours de Castille, formaient le somptueux dallage, qui conduit à l'autel de saint Louis, tandis que la croix fleuronnée d'or, sur fond blanc, accostée par le sceptre, et la main de justice, avec l'inscription au Christ victorieux, qui règne et qui commande, nous plaçaient au cœur du moyen âge transfiguré par la foi.

Du sol, la mosaïque montait aux lambris, et revêtait les murailles. Dans les panneaux des chapelles, en face d'un saint Michel qui terrassait le dragon, Jeanne d'Arc écrasait le léopard. — Saint Louis rendait la justice sous le chêne de Vincennes, ou bien revenait de la croisade porteur de la sainte couronne. — Le Sacré Cœur montrait à sainte Marguerite-Marie « le lieu éminent en beauté » qu'il souhaitait pour son culte, et Léon XIII indiquait au monde le signe nouveau dans lequel il doit mettre tout son espoir. — Des épisodes de saint Benoît Labre, de saint Vincent de Paul, de la Bienheureuse Louise de Marillac, illustraient les murailles, comme les images d'une vie des saints.

La Chapelle de la Sainte Vierge.

Parfois, l'œuvre décorative prenait plus d'ampleur.

La chapelle de la Sainte Vierge, robuste et légère, en est le plus riche exemple. Ornementation et architecture, pierre, marbre, émail, s'y associent heureusement. A l'autel, les mosaïques y interprètent, dans les arcades du soubassement, quelques vocables des litanies, sur des fonds de roses et d'ors très nuancés. Sur le rétable, ce sont des lys, dont les tiges s'inclinent vers le tabernacle et détachent leurs rameaux, sur des ors éclatants.

Entre les arcatures de la muraille, d'un dessin original, des médaillons très décorés représentent les Vierges des sanctuaires français les plus privilégiés.

Dominant tout, la coupole.

Au centre, l'Assomption. La Sainte Vierge, radieuse et vêtue de blanc, mains jointes en un geste d'extase, s'élève dans la gloire, soulevée par le chœur des anges. Les messagers divins, aux vêtements purs et légers, forment autour d'elle une ronde ailée, d'une joyeuse harmonie. Cette clarté s'accorde à merveille avec l'éclat des différents ors du ciel, nuancé d'étoiles et traversé par la voie lactée. Les lumineuses blancheurs, les ombres bleutées, mettent bien en valeur la frise très colorée, que forment les personnages terrestres. Apôtres, disciples, saintes femmes, ont les yeux fixés sur le ciel, ou tournés vers le tombeau vide, que fleurissent déjà des roses, et leur attitude exprime l'étonnement et la foi. Ils se silhouettent sur un fond de palmiers, dont les verts feuillages s'opposent aux ors célestes.

Et c'est chaud comme une coupole de Venise.

Le Chœur.

Ainsi tout le long des chapelles, c'était déjà une fête pour les yeux. Même aux piliers massifs des tribunes et du dôme, des médaillons à l'effigie des apôtres, mettaient autour des croix de consécration un cercle de vives couleurs. Et l'on s'avançait ainsi de clarté en clarté, à travers les nefs pour rejoindre le chœur.

Alors c'était une voie royale, qu'éclairaient d'immenses verrières, aux tons d'or, d'azur et de pourpre, et que bordaient la chaire et le banc d'œuvre.

La chaire monumentale, aux marbres précieux ; aux rampes ornées de moulures et de mosaïques incrustées ; au dossier richement décoré, sur lequel la croix gemmée dominait la colombe d'or, symbole du Saint-Esprit. Des colonnettes semées d'émaux éclatants, séparaient les panneaux de la cuve, qu'illustraient les attributs des évangélistes, au centre desquels brillait le Cœur Sacré.

Et sur tout cela, l'orfèvrerie d'un abat-voix, ajouré, ciselé, doré, répandait sa lumière...

Face à la chaire, le banc d'œuvre, aux dimensions impressionnantes. Une frise dont la décoration d'émail est empruntée au feuillage du chêne-vert, s'incruste dans le Carrare. Les feuilles présentées alternativement de face et de revers, donnent sur un fond d'or des oppositions de teintes vertes et blanches, dont la ligne court au dossier des sièges, pour se relever en un panneau enrichi de chardons bleus, au dossier du siège archiépiscopal.

Enfin, c'est le chœur ! Et rien ne fait mieux comprendre le parti qui se peut tirer de l'étroite association entre le marbre et la mosaïque d'émail.

Dès l'entrée, les rampes d'accès, chiffrées aux armoiries des Chapitres de France, où, sur des fonds de tonalité neutre, se détachent les blasons, aux couleurs vives, les inscriptions, les crosses et les croix.

Ces rampes aboutissent aux ambons de marbre et d'émaux. En arrière, contre les piliers de l'arc triomphal, c'est un ensemble de portiques et de frontons, ne formant que de simples fonds pour les trônes épiscopaux, décorés de combinaisons linéaires, comme on en voit à Sessa ou à Ravello.

Et puis un éclatant dallage de marbres précieux et de mosaïques d'émail. La croix byzantine est au centre, et dans l'encadrement de larges entrelacs, les armoiries des trois papes et des trois archevêques de Paris, sous lesquels a été édifiée la Basilique. Ce dallage, à certaines heures de soleil, est un éblouissement ; on se croirait alors à la chapelle Palatine, ou bien à la Martorana, tant l'art sicilien des mosaïques incrustées a trouvé son heureuse application à Montmartre.

Et pourtant, cette imitation n'est pas un esclavage, l'artiste n'a pas fait un pastiche ; en essayant d'appliquer les procédés anciens à une œuvre moderne, il a gardé la personnalité de son talent.

Nulle part, ce n'est plus sensible que dans la décoration du maître-autel. Les dimensions du rétable et du tabernacle, surmontés d'un ciborium en orfèvrerie, autorisaient l'alliance intime des colorations d'émaux, avec les saillies des sculptures. Des panneaux de roses de plusieurs tons, en mosaïque, forment un fond coloré aux apôtres sculptés en haut relief. Une bande de chardons bleus orne le soubassement du rétable, et dans les tympans du grand arc, qui encadre le tabernacle, des chérubins, aux ailes diaprées d'or, de rouge, de violet et de bleu, donnent à toute cette œuvre un caractère de délicatesse qui égaye et allège le marbre. C'est quelque chose d'original et de somptueux au-dessus du tabernacle à la porte d'argent et à la serrure d'or. Et cela évoque le souvenir de la célèbre Pala d'Oro de Venise, dont le décor est aussi un hommage à la sainte Eucharistie.

Ah ! comme il y a de la lumière et de la couleur dans ce sanctuaire de Montmartre, dont les décorations se relient entre elles dans une si délicate unité !

Une fête dans la lumière.

Ils y souscriront davantage encore, ceux qui assistèrent aux heures inoubliables de la consécration. Qu'ils se souviennent ! Il était près de midi. L'Éminentissime cardinal Vico, légat de Sa Sainteté, allait célébrer pontificalement la messe, entre les murs nouvellement sanctifiés, sur l'autel encore humide des lustrations d'eau sainte et du chrême bénit.

Le chœur en cet instant flamboyait d'une lumière éclatante et féerique ; lumière artificielle, blanche et crue des lustres, des lampadaires électriques, des immenses couronnes de cuivre ciselé, dans l'ornementation florale desquelles se détachent, comme des fleurs brillantes, les ampoules de cristal ; lumière plus douce et si vivante des cires allumées à profusion ; lumière des veilleuses, par douzaines, qui tremblent dans leurs coupes de verre rose, présentées par des anges d'or, entre les grands arcs de pierre ; et dominant tout, une lumière, incroyablement radieuse, de soleil d'octobre. Cela ruisselait sur les drapeaux, disposés en trophées aux claires couleurs, sur les émaux des mosaïques, sur la blancheur des marbres, sur le feuillage luisant des palmiers, sur les reliefs de bronze, sur la chaude marqueterie des stalles, dont trente-sept bois rares ont fourni la palette variée. Et, dans cette lumière de gloire, on voyait

David, Élie, les prophètes, symbolisant l'ancienne loi. Leur cortège circulaire rejoignait presque le maître-autel, sur le rétable duquel les douze apôtres environnent l'Hostie sainte et l'image du Sacré-Cœur, aux bras largement ouverts, dans un geste d'attente.

Ajoutez, à toutes ces figures du passé, l'assistance majestueuse de tout l'Épiscopat de France ; la pourpre de huit cardinaux, réunis sur une estrade à baldaquin, aux tentures rouges brodées d'or, en face d'un trône encore vide, surmonté des armoiries du Légat : les fleurs de lis et le griffon ailé, sur champ d'azur. Cent dix évêques en mosette violette, de tous ces diocèses, dont les blasons sont incrustés en mosaïque sur les rampes du sanctuaire, leurs croix pectorales scintillant à tous les rayons.

Supposez dans ce chœur mille autres détails, brillants et colorés...

C'est alors que le Cardinal légat fait son entrée, en somptueux appareil, avec un faste rare, et, disons-le, exceptionnellement chatoyant. Revêtu de drap d'or, mitre en tête, crosse en main ; précédé de nombreux prêtres parés de dalmatiques, de chasubles et de chapes, et des prélats qui l'assistent, et des porte-insignes, et des camériers de cape et d'épée, en grand uniforme brodé, et des chambellans en habit à la française, avec le manteau de cérémonie, long et souple, bordé de moire.

La Basilique vibrait tout entière de lumières et d'harmonies.

*
* *

Oui, sans doute... Mais, dominant ce parterre flamboyant, la voûte grise et terne semblait bouder à cette joie universelle des êtres et des choses.

Le Chœur avant la Mosaïque de la Voûte.

CHAPITRE III

L'Œuvre dans l'ombre

A cette voûte immense, il fallait donner sa décoration et sa clarté.

*
* *

On y songeait depuis longtemps déjà, avant la guerre. Le projet d'Abadie, — une fresque immense, — n'assurait pas les indispensables garanties d'avenir. Notre atmosphère est trop humide. La fresque eût été rapidement endommagée. Le retour aux anciens procédés de décoration promettait mieux : plus d'éclat, et une durée illimitée. Le maître mosaïste Ghirlandaio disait vrai : « *La vera pittura per l'eternita essere il mosaico.* » C'était l'heure d'y revenir...

Le don anonyme.

Sans doute. Mais alors se posa le problème inquiétant des finances. Avant de bâtir une tour il faut s'asseoir et calculer la dépense. C'est l'Évangile qui recommande ainsi la prudence dans le langage familier des paraboles. On calcula le montant probable ; des renseignements précis furent recueillis. Et quand on eut additionné les prix des échafaudages, des cartons, des émaux, des artistes et des ouvriers, le total de l'opération apparut désastreux.

500.000 francs étaient jugés nécessaires...

En ce temps-là, — sur la fin de 1911, — Mgr Amette se trouvait à Rome pour y recevoir la pourpre cardinalice. Le gardien du sanctuaire national l'y avait accompagné. « Monsieur le Supérieur, je viens de mettre mon cardinalat sous la protection du Sacré Cœur. » — « Éminence, voici sa réponse avec son sourire. » Et M. le chanoine Crépin tendit au cardinal un télégramme de Montmartre. Ce matin-là, 1er décembre 1911, M. le premier chapelain y avait reçu la visite d'une dame, qui, sans vouloir se nommer, lui remit les 500.000 francs souhaités, avec affectation spéciale à la mosaïque de la voûte du chœur. C'était bien la réponse du Sacré Cœur aux longues hésitations, et un encouragement à entreprendre le travail sans délai.

Au prêtre qui la pressait de se nommer : « Non, — avait répondu la donatrice, — mettez seulement sur le *Bulletin du Vœu national* : Marie-Joséphine-Sophie, pour la gloire du Sacré Cœur. »

Dans un coin de l'immense tableau, deux initiales cacheront le nom de l'insigne bienfaitrice. « L'œuvre dans l'ombre », avions-nous écrit. Ce sont bien les mots qui conviennent pour qualifier cette admirable générosité anonyme.

Les Cartons.

Cette œuvre n'est pas seulement le fruit d'une magnifique générosité. L'inspiration, le talent des artistes, y ont leur part. Peu après son retour de Rome, le 21 décembre 1911, le cardinal Amette confiait à Henri-Marcel Magne, sous la direction de Luc-Olivier Merson, de l'Institut, l'exécution de la maquette et des cartons de la mosaïque du chœur. Il s'agissait d'un tout décoratif, d'une composition unique, sur une surface de presque 500 mètres carrés.

Aux esquisses, aux ébauches préparatoires, les deux artistes, le maître et son ancien élève, unis par la plus chaleureuse sympathie et la plus respectueuse admiration, collaborèrent avec ferveur. Ils cherchaient, non pas une juxtaposition de leurs beaux talents, mais la fusion harmonieuse, où s'additionneraient, au plus grand profit de l'œuvre, leurs mutuelles qualités.

Luc-Olivier Merson y apportera sa science impeccable du dessin, la richesse des détails, la pureté, la grâce, le charme de la composition, le sentiment des valeurs. Marcel Magne y joindra ses dons de décorateur, la puissante harmonie de ses colorations, que l'on admirait déjà dans la coupole de la Sainte Vierge, dans un panneau de la chapelle de l'Armée, et dans les grandes verrières de pourpre et d'azur qui éclairent les transepts.

Et rien n'est touchant comme la succession de ces dessins complétés, remaniés, mis au point, ébauches tâtonnantes, esquisses où la pensée se dégage, se précise et s'affermit, dans sa marche vers l'œuvre éclatante.

En vérité, le cardinal Amette avait fait un heureux choix.

*
* *

On se figure trop communément qu'une mosaïque est la traduction d'un tableau, en cubes d'émail. Il n'en est rien. Ce n'est pas une peinture isolée, qui tire d'elle-même tout son effet. Destinée à revêtir une muraille, une voûte, une coupole, elle doit avant tout s'harmoniser avec les formes d'architecture qu'elle a mission de décorer. L'artiste doit prévoir les déformations nécessaires qu'imposent les surfaces courbes, allonger, raccourcir le dessin, le disproportionner. Une décoration monumentale exige que le peintre ait une éducation d'architecte, qui assurera l'échelle des figures et des ornements, indispensable à une composition bien pondérée.

***

Autre remarque. Les cartons doivent porter les indications techniques capables de faciliter, de guider le travail des ouvriers, en tenant compte des qualités de l'émail et des harmonies colorées qu'il peut réaliser. L'artiste les dessinera donc, à grandeur d'exécution, avec la place et la taille de tous les cubes. Dès lors, le mosaïste n'aura plus qu'à faire l'échantillonnage des tons d'émaux conformes à ceux du modèle, et à suivre scrupuleusement les coupes fixées par ce dessin d'analyse, dont le rôle est ici d'une importance capitale.

***

Les contrats furent signés le 21 décembre 1911. Les artistes avaient jusqu'au 31 décembre 1916 pour faire les cartons, et le travail en mosaïque devait s'exécuter au fur et à mesure de leur remise.

Tout marchait normalement.

Mais « l'homme propose... »

Quand il y eut dans l'atelier 110 mètres exécutés en mosaïques, la guerre éclata.

Ce fut l'arrêt complet des travaux.

Quand la guerre s'acheva dans la victoire, plusieurs des artisans de l'œuvre n'étaient plus là. Dieu avait rappelé à lui de bons serviteurs, qui avaient passionnément aimé la beauté de sa demeure. « *Domine, dilexi decorem domus tuæ.* » C'était Lucien Magne, l'architecte du campanile robuste et hardi, l'auteur de toute la décoration intérieure de notre Basilique. C'était Luc-Olivier Merson, le confident de la pensée du Cardinal, et l'exécuteur de son magnifique programme. M. Hulot, le nouvel architecte, comprendra la nécessité de terminer la mosaïque dans son unité première. M. Imbs, élève distingué de Merson, donnera les dessins nécessaires pour l'établissement des cartons.

Une inscription, aux caractères minuscules, associera fidèlement dans la mosaïque de la voûte les noms des morts, aux noms des vivants, qui furent leurs collaborateurs, ou deviennent leurs héritiers.

L'épanouissement de l'œuvre ne nous fera pas oublier ceux qui en ont assuré la lente germination, dans le silence et dans l'ombre.

Les échafaudages.

A partir du 3 décembre 1921, la Basilique connut des heures retentissantes...

Jadis, dans les monastères, à Cluny, ou bien au Mont-Cassin, il y avait, à côté des frères exclusivement adonnés à la prière, à la psalmodie, à la perfection des cérémonies liturgiques, d'autres frères qui étaient enlumineurs ou peintres, orfèvres ou statuaires.

Il en fut de même, à l'église nationale, pendant le mois de décembre 1921.

Sans interrompre la vie contemplative devant le Saint Sacrement exposé, devant l'Hostie consacrée, toute blanche dans l'ostensoir d'or, la vie active s'empressait, s'affairait pour la plus grande gloire de Dieu. Les charpentiers avaient monopolisé le chœur et affirmaient leur présence, à grand fracas.

La pose de la mosaïque allait durer de longs mois ; on prévoyait deux ans. Impossible d'envisager qu'une chapelle latérale fût désormais suffisante pour accueillir l'affluence des fidèles et des pèlerins. Le chœur de la Basilique était devenu l'ample cadre, nécessaire à nos cérémonies.

On décida donc avec une tranquille audace que tout se passerait durant ces deux années, avec le minimum de restrictions.

*
* *

Un double plafond de bois blanc, en forme de voûte, construit au niveau de la frise du chœur, et appuyé sur des poteaux, très heureusement disposés sur le sol, permettra aux tailleurs de pierre, aux maçons, aux mosaïstes, d'accomplir leur travail en toute discrétion, au sein de cette maison de bois, hermétiquement close. Le tableau du Sacré Cœur exécuté pour la consécration de la Basilique, ornait la façade de cette arche. Ce fut moins long que pour l'arche de Noé, mais cela dura bien longtemps quand même. Plus de deux mois furent employés à ce travail provisoire, à cette charpente harmonieuse et solide. Vrai travail d'art, où l'on devinait, présidant à cette armature de poutres, recouvertes d'un assemblage de planches claires, des règles judicieuses et rationnelles ; comme on y surprenait, dans l'activité souple et disciplinée des ouvriers, une agilité calculée, sûre d'elle-même, un effort puissant et raisonné.

Cette opération nécessitait le fracas prolongé, discordant, des scies, des maillets, des marteaux. Ce vacarme se mêlant à tout, sans répit, devenait une obsession...

Les fidèles habitués, les visiteurs de passage, étonnés, levaient la tête, observaient, s'attardaient. Il fallait les renseigner. — « Réparation ? » — « Non ! Décoration ! » — « Ah ! bien ! »

Tout à coup dans le chantier que surmontent des poutres inquiétantes, en cours d'évolution, balancées à l'extrémité d'une corde, en dépit des défenses affichées aux portes de bronze doré, un enfant de chœur se faufile, curieux et obstiné. Pour le ramener au souci de sa sécurité, les injonctions des ouvriers sont impuissantes. Et la petite soutane rouge se remue et s'agite, parmi les cordages, les planches et les madriers. Il cherche, il veut voir. Quoi donc ? Interrogé, le mystère s'éclaircit. On a parlé devant lui d'une chèvre, dressée au milieu du chœur. Une « chèvre », une chèvre « dressée » surtout, ne saurait être qu'un de ces jolis animaux, agiles, aux formes légères, au menton soyeux, aux sabots noirs et luisants, aux cornes zébrées ; un amour de petite chèvre enfin, gaie, capricieuse, décidée. Et quand on montre à l'enfant, dans la plus prosaïque leçon de choses, l'appareil fait de pièces démontables qui soulève les fardeaux à la hauteur souhaitée, et qu'on lui dit : « Une chèvre, c'est ça ! » il s'en va enfin, désillusionné, mécontent, regrettant son rêve tellement plus beau que la réalité.

La préparation de la voûte.

Une mosaïque d'émail, c'est une décoration faite au moyen de petits cubes de verre coloré, retenus contre une surface solide par du ciment.

Il faut commencer par préparer la surface à recouvrir. Tâche considérable ; elle a presque cinq cents mètres carrés. Comme c'est une surface lisse, il faudra la « rustiquer », c'est-à-dire mordre la pierre avec des ciseaux d'acier, en faire jaillir de menus éclats, lui donner enfin un aspect inégal et rugueux, qui permettra à l'enduit de s'y fixer. Puis, ce sera le piquage de la voûte, les trous, — il y en aura huit mille, — les scellements, les agrafes tendues de fils de cuivre, toute une armature destinée à recevoir le ciment, dans lequel s'enfonceront les émaux.

Opération très dure, d'une exécution pénible. Malgré le double plafond de bois blanc, on entendait les ciseaux d'acier, les vilebrequins électriques. C'était un bruit persévérant, continu, se mêlant à tout, nécessitant encore trois longs mois de gêne pour les offices, d'abnégation pour les prédicateurs, de patience pour les fidèles...

Alors on noya dans une première couche de ciment toute cette armature de fils de cuivre, tout ce réseau métallique. Sur la couche brune et inégale, l'on marqua des points de repère, tout un langage mystérieux et chiffré, des lignes et des nombres, correspondant aux multiples parties de l'immense modèle à reproduire.

Quand l'heure sera venue de fixer les cubes colorés, on mouillera soigneusement la portion de la surface à recouvrir, pour que la seconde couche d'enduit adhère solidement. C'est du ciment plus fin, du « ciment romain », que l'on obtient en mêlant de la brique pilée à de la chaux éteinte, et qui a la propriété de durcir rapidement à l'air et dans l'eau.

*
* *

Il y a deux manières de placer la mosaïque.

Directement sur l'enduit, cube par cube ; procédé impraticable, pour une voûte de cette ampleur.

Ou bien, « le procédé du carton ». On compose alors les divers fragments, à l'atelier, pour les rejoindre ensuite, côte à côte, comme des morceaux d'un jeu de patience aux formes capricieuses.

Dans ce cas, l'on décalque le modèle à l'envers, sur du papier-carton. On colle ensuite sur ce décalque les faces des cubes, assemblées, juxtaposées suivant les colorations. La série de panneaux irréguliers ainsi obtenue est facile à monter sur place, en l'appliquant dans le ciment frais.

La Maquette d'étude de la voûte.
Projet initial de Luc-Olivier MERSON.

Il faut attendre les quelques jours nécessaires au durcissement de l'enduit armaturé. Alors on détrempe le papier et la colle, pour dégager la surface de l'émail de sa gaine désormais inutile.

*
* *

Les joints reliant les cubes apparaissent-ils comblés de ciment ? Qu'importe ! Cette rusticité relative dans l'exécution ne nuira pas à la décoration architecturale. La mosaïque se prête mal au fini, comme aux virtuosités de la peinture. Avec leurs procédés sommaires, des artistes byzantins ou ravennates, siciliens ou romains, faisaient des merveilles. Quand la science moderne est venue, elle a fait plus vite et meilleur marché. Elle n'a pas obtenu de plus belles réalités d'art. Vingt-cinq mille nuances d'émail ne sont qu'une richesse apparente et inutile. Les vrais chefs-d'œuvre s'en sont passés. Les joints du ciment y apparaissaient loyalement. On ne les colorait pas, on ne les encaustiquait pas, comme on le fit plus tard, pour les dissimuler. Cela n'a pas empêché les basiliques de Rome et de Ravenne, de Venise et de Palerme, de faire éclater pour la joie de nos yeux de magnifiques spécimens de cet art resplendissant.

N'est-ce pas précisément cette irrégularité des surfaces, ce craquelé des raccords, ces réflexions imprévues des facettes, qui, loin d'être des obstacles à sa beauté, lui donnent, au contraire, un charme tout spécial et plein de séduction ?

Les couleurs.

Ce qui donne à la mosaïque cet aspect vibrant dans la lumière, chatoyant dans l'ombre, si bien fait pour apporter sous notre ciel brumeux l'éclat et la vie, ce sont les cubes d'émail aux couleurs variées, et qui doivent, par leurs combinaisons multiples, reproduire le modèle donné.

Minces, légers, opaques, inaltérables, ils sont faits d'une pâte de verre, colorée dans la masse par l'addition d'oxydes métalliques. Chimie savante, dont le dosage subtil et les mystérieuses combinaisons préparent les nuances les plus diverses et les plus brillantes.

Pour les cubes d'or ou d'argent, c'est plus compliqué. Ces métaux précieux ne se mélangent pas au verre, on les applique en feuilles, entre l'émail qui leur sert de fond et la pellicule transparente, qui les protège et ajoute à leur éclat.

Étoilant la voûte du chœur d'étranges constellations, l'argent y brillera encore sur les pièces d'armure, sur les mitres et les chapes, et sur maint détail de la prodigieuse image.

Mais l'or !... Cette mosaïque est comme le poème de l'or. Et qu'il serait fier, n'est-ce pas, ce métal tant honoré des hommes, s'il savait qu'il travaille à l'embellissement de la maison de Dieu !

De cette formidable voûte, il jaillira en gerbes. On l'y verra partout. Dans les gloires qui environnent les trois personnes divines ; dans l'auréole du Christ, symbole de sa sainteté ; dans son trône, symbole de sa puissance ; dans les plis lumineux de sa robe blanche. Il domine d'un cercle brillant la tête des bienheureux. Il y en a sur les tiares et sur les croix, sur les ornements pontificaux, sur les cuirasses, sur les épées, sur les architectures fantaisistes à dômes et à coupoles. Partout, il allumera sa lumière, chaude, vivante, différente suivant les heures du jour, et qui continuera à chanter dans l'ombre. C'est comme une somptueuse Épiphanie, où tout l'or des mages continue à faire resplendir sa crèche et vient s'offrir en hommage purifié à son divin Cœur...

Pourtant les fonds d'or brillant, qu'aimait la pompe byzantine, présentent plus d'un danger. Nous n'insisterons pas sur celui qui résulte de la fabrication des cubes. Même après une double cuisson, la dilatation du verre, de l'or et de l'émail, est trop inégale, pour que leur union demeure nécessairement inaltérable. Parfois, la pellicule de verre se détache, découvre la feuille d'or, qui, n'étant plus soutenue, tombe à son tour, et, seul, l'émail demeure. C'est un moindre mal. Ces cubes d'émail, qui servent de support au précieux métal, sont généralement d'un rouge foncé. Les fonds d'or apparaîtront désormais comme mouchetés de points fauves, ombres légères, répandues au hasard, et qui adoucissent la vivacité de l'éclat...

Il y a écueil plus grave. Trop exposé à la lumière venue de face, le fond d'or éblouit. Le soleil l'effleure-t-il de biais, les cubes paraissent mats.

*
* *

Aussi, après avoir distribué l'or dans tous les détails, pour rehausser les tonalités des émaux colorés, on a choisi le bleu, pour former le fond de cette voûte, semblable à un ciel ouvert. Le bleu primitif de Ravenne, le bleu du mausolée de Galla Placidia, un bleu qui laisse la plus grande liberté au mosaïste pour les colorations spéciales ; qui permet l'emploi de l'or dans les attributs et les costumes ; qui s'accommode de toutes les formes d'architecture et des variétés infinies de la lumière, qu'il ne reflète pas. Bleu sourd, intense, profond, comme celui d'une fresque de l'Angelico, qui passera du foncé de la base au clair des sommets, par douze tons harmonieusement fondus.

Une harmonie colorée.

Le disque d'émail est débité en petits cubes, au moyen d'un outillage fort simple, et qui n'a guère varié, sans doute, depuis les origines. On le pose à plat sur le coupoir, où le marteau, en le frappant d'un coup sec, le divise. S'il est nécessaire,

une petite meule rectifie la forme du cube. Il est taillé légèrement en biseau, vers son extrémité, pour se mieux fixer
dans le ciment, où il creusera comme une alvéole.

« Des goûts et des couleurs, il ne faut pas discuter... »

Chacun sait cela. Et c'est un axiome bien gênant quand il
faut parler d'une mosaïque. Mais on ne discute pas des couleurs
en rappelant qu'il y a des couleurs « simples » : le rouge, le
bleu, le jaune (ou l'or) ; et des couleurs « composées » : le
violet, le vert, l'orangé, le blanc ; ces dernières s'obtenant en
émaux d'une beaucoup plus riche variété. Et cela ne paraîtra
pas non plus une prétention intolérable, si l'on tire de cette
simple distinction un principe général qui a toujours guidé
les mosaïstes dans leurs compositions décoratives. Si la couleur
dominante dans le sujet est une couleur simple, on ne pourra
employer dans le reste que des couleurs composées, et *vice versa*.

Cette loi explique pourquoi la plupart des mosaïques
byzantines ont des fonds bleus ou or (l'or étant assimilé au
jaune). C'est toujours le fond qui est la dominante. Un fond de
couleurs composées n'eût laissé que le choix restreint des
trois couleurs simples, pour les personnages et les accessoires,
tandis que, détachant leurs silhouettes sur un fond bleu uni,
les personnages pourront être colorés de tons violet, vert,
orangé, blanc, et de toute la riche palette de leurs dérivés.

Chacun sait aussi que « toute règle souffre des exceptions ».

Il y a donc aussi des exceptions dans les règles décoratives.
En voici trois, qui ont leur importance.

Si dans un sujet à fond bleu par exemple, on veut introduire une couleur simple : le rouge, le jaune, ou bien encore
le bleu, il faudra l'employer en très petit volume. Ne peut-on

pas accepter cette restriction ? Il y a des accommodements.
Il suffira d'entourer la couleur de beaucoup de blanc, de manière
à l'isoler. Allons plus loin encore. Cette couleur de même ordre
que la dominante, on pourra l'introduire sans l'isoler, mais
à la condition de l'employer très claire. Une couleur qui perd
sa valeur normale, perd aussi sa qualité de couleur simple,
un rouge très adouci, un rose, n'est plus une couleur simple,
de même un bleu de ciel, ou un jaune paille.

L'artiste.

Oui, il y a des lois, des principes, des règles nécessaires
à la puissance magique des mosaïques décoratives. Mais il y
faut aussi une sorte de « tour de main », de « savoir-faire »
qui ne s'acquiert que par des tâtonnements prolongés, par un
fervent amour, par une sollicitude attentive, donnés à ces
émaux, d'où jaillira la lumière. Ils mériteraient l'enthou-
siasme d'un Bernard Palissy, sacrifiant tout à ses fours. On
trouvait cette ardeur, cette ténacité, ces convictions, cette
fierté de son art, dans le maître-verrier Guilbert Martin qui
fondait en 1883, l'atelier de mosaïques de Saint-Denis.

Ce sont des qualités héréditaires. Elles se transmirent
comme un trésor de famille 'à René Martin, recueillant de
ses mains pieuses l'œuvre de son grand-père. Cette œuvre,
il l'avait encore enrichie. Par ses recherches, il avait fait de
sa collection d'émaux, la plus riche des palettes mises à la
disposition des mosaïstes. Toute la lumière, toute la couleur,
qui décorent à Montmartre les pierres trop grises et les marbres
trop éclatants, viennent des ateliers français de Saint-Denis.
Pour cette voûte recueillie et superbe du chœur, ils ont fourni
leurs émaux et leurs ors les plus lumineux.

Au bas de cette décoration resplendissante, une inscription

gardera le nom des peintres qui l'ont conçue, du mosaïste qui l'a réalisée, et qui collaborèrent avec une science égale et un même amour.

Le dégagement.

Le dernier cube d'émail était enfin posé...

Et voici qu'un jour de mai, 1923, on vit de nouveau l'Hostie sainte descendre de son ciborium altier, pour venir sur un autel provisoire, avancé dans la nef. C'était plus chaud, plus lumineux, plus intime et plus familier. Et puis les travaux du chœur en chantier le voulaient ainsi.

Alors, les échafaudages, d'un blanc gris, s'entr'ouvrirent. Les ouvriers reprirent leur acrobatie aérienne. Le vacarme des maillets frappant les planches, recommença, ininterrompu. On ne savait plus, à certains jours d'orage, d'où partaient les coups de tonnerre.

Les fidèles s'armèrent de patience ; les prédicateurs firent œuvre d'abnégation. A travers les madriers, on voyait, parfois, — rarement, — s'allumer des paillettes d'or.

« *Spiritus Dei ferebatur super aquas.* » Ce n'était plus sur les eaux, comme à l'origine des temps, que se mouvait l'Esprit de Dieu ; mais sous la forme symbolique d'une colombe, au centre de la voûte, il dominait un nuage immense de poussière et le chaos des poutres enchevêtrées.

Les fidèles de passage, ceux qui ne pourraient pas revenir de longtemps, cherchaient à se faire une idée. Ils ne distinguaient pas grand'chose. Mais « l'esprit est prompt ». Les jugements jaillissaient contradictoires. On entendait : « C'est admirable ! » et : « C'est affreux ! » ou bien : « Comme ça brille ! » et : « On n'y voit rien ! »

Il ne fallait plus que deux journées de travail normal, pour achever de dégager la mosaïque de sa gaine. Alors, éclata la grève des charpentiers... Mais des bonnes volontés suppléèrent aux défaillances professionnelles.

Le samedi 19 mai, aux premières vêpres de la Pentecôte, à l'heure où le *Veni Creator* chantait l'Esprit qui renouvelle la face de la terre, c'était bien aussi le renouveau dans le sanctuaire transfiguré.

La Mosaïque (côté évangile).

L'Hommage de l'Église Catholique. (Clément XIII. — Pie IX. — Léon XIII.)

CHAPITRE IV

L'Œuvre dans son éclat

C'est tout ensemble une belle image et un grand dogme.

Au centre, Notre-Seigneur Jésus-Christ, tout droit, d'une stature surhumaine, impressionnante, et d'un vigoureux relief. Les bras sont largement étendus, le visage calme et doux, le cœur brillant d'or, se détache vivement sur les vêtements blancs, drapés à l'antique. C'est un Christ en gloire, d'inspiration byzantine, dont le nimbe est semé de gemmes en croisillons, dont le trône est d'une somptuosité sans égale. Mais le dessin moderne en a assoupli les formes, ne lui laissant rien de la raideur et de la dureté d'une mosaïque primitive. C'est une image très décorative, au centre d'une gloire traversée de rayons. Et c'est une image toute pénétrée de tendresse évangélique. Ces bras étendus, ce cœur très apparent, blessé, couronné d'épines, — que l'or éclatant glorifie, — tout cela exprime bien sensiblement le : *Venite ad me omnes*, l'appel de Celui qui a tant aimé les hommes.

Autour de cette figure divine, qui occupe le centre de l'abside, tous les autres personnages gravitent, selon la technique byzantine, à des échelles différentes, et suivant le rang qu'ils occupent dans la hiérarchie céleste. En cortèges, ou bien en scènes historiques, séparés par des architectures d'or, ils se meuvent, suivant les parallèles de la sphère, vers ce Christ, qui les domine et les attire à Lui.

Comme les deux panneaux opposés d'un tryptique, la composition d'une grande simplicité, d'une extrême distinction, d'une coloration sobre et calme, représente du côté de l'Évangile, l'hommage de l'Église catholique, du côté de l'Épître l'hommage de la France.

*
* *

A la droite du Sacré Cœur, la très sainte Vierge. L'or met en puissant relief le cœur de Marie, l'image la plus splendide du cœur de son Fils. Médiatrice universelle, Mère de miséricorde, elle se tient en toute puissance suppliante, et présente l'Église catholique.

*
* *

Elle semble bien indiquer aussi la France, agenouillée du côté gauche. La France, toute blanche et toute jeune, sous ses lourdes tresses mérovingiennes, et qui lève en un geste d'offrande, simple et touchant, presque enfantin, sa couronne vers « le Christ qui aime les Francs ».

*
* *

Au côté de la France de Clovis, — de la France de toujours, — son ange tutélaire, saint Michel. Ce n'est plus l'archange des combats, au geste impérieux, terrassant le démon et dictant ses injonctions à l'évêque d'Avranches prosterné. Dans le ciel apaisé, — où tout le monde adore, les yeux levés vers le Cœur sacré, — saint Michel ne garde du soldat que sa cuirasse d'or, et l'oriflamme qui revendique les droits de Dieu. D'un geste protecteur, — un geste de bon ange qui guide et qui soutient, — il présente la France...

*
* *

Jeanne d'Arc est là aussi, à l'état d'intercession. « Elle est Elle ; et elle est Nous ! » dira l'un de ses derniers panégyristes. Nulle n'est plus digne que notre sainte nationale, notre ange tutélaire aussi, de plaider pour la France. Elle est encore dans son armure, équipée comme au jour où elle entrait en triomphatrice à Orléans, et plus triomphante encore, à Saint-Pierre de Rome, pour les fêtes de sa canonisation. Elle adore avec des yeux dilatés d'extase ; mais l'éblouissante vision ne lui fait pas oublier sa mission de présenter la France.

Que de détails charmants, précieux et nuancés, dans ces personnages transfigurés ! Plus d'un se laissera aller à l'éternel murmure : « *Ad quid hæc perditio ?* A quoi bon ces richesses perdues ? » A quoi bon ces fleurs de lis, semées sur le fourreau de Jeanne ; cette jolie tapisserie sur les marches du trône ; ces nervures diaprées des ailes repliées de l'archange. A quoi bon, puisque personne ne les verra ?

A quoi bon ? Mais, dans un travail entrepris à la gloire de Dieu, on ne saurait pousser trop loin la délicatesse et la probité. Ce que nos yeux ne verront pas, Il le verra, Lui. C'en est assez pour justifier l'artiste et pour interdire les regrets. Et puis, est-il certain que notre regard n'aura pas sa part de ce charme, de cette grâce ? Les colorations égales qui, de près, paraissent très puissantes, de loin, parfois s'alourdissent. Les jolies superfluités que nous traitions de richesses perdues, les font vibrer, leur donnent un éclat et une transparence qui servent bien leur beauté.

L'hommage de l'Église catholique.

Afin d'éviter la confusion, et pour maintenir l'unité d'ensemble, chacune des scènes latérales est abritée sous une architecture fantaisiste, comme on en voit à Ravenne et à Venise. Portiques d'or, couverts de coupoles, de clochetons ajourés, dont les baies sont fermées par des tentures aux larges plis.

Sur la terre...

Partant de l'arc triomphal, trois scènes de l'histoire ecclésiastique se déroulent ainsi dans des cadres d'or.

Le pape Clément **XIII** institue la fête du Sacré Cœur (1765). Debout à son trône, en mosette de pourpre bordée d'hermine, il donne son entière approbation au vœu que lui soumet la Congrégation des Rites. C'est le décret mémorable : « *Instantibus pro concessione* ». C'est la reconnaissance officielle et comme la charte de la dévotion au Sacré Cœur.

*
* *****

Un pilastre d'or, au chapiteau très ouvragé, sépare deux siècles d'histoire ecclésiastique, et c'est Pie **IX** étendant la fête du Sacré Cœur à l'Église universelle (1856). Agenouillé, couronné de la tiare, entouré de cardinaux et de prélats, dont l'un déroule une banderole qui contient les premiers mots du décret : « *Ex quo Clemens Papa XIII in honorem...* » Pie **IX** donne satisfaction aux évêques de France réunis à Paris pour le baptême du prince impérial. Désormais la fête du Sacré Cœur n'est plus seulement concédée, elle est prescrite.

*****

Un triomphe plus grand encore. C'est Léon **XIII** consacrant le genre humain au Sacré-Cœur (1899). C'est l'encyclique « *Annum sacrum* », c'est le couronnement de tous les honneurs rendus. Le Souverain Pontife a quitté l'architecture d'or ; agenouillé, ses vêtements blancs se silhouettant sur le manteau de la sainte Vierge, il élève le globe vers le Sacré Cœur. « C'est le plus beau geste de mon pontificat », aimera-t-il à dire. Le plus beau et le plus hardi.

Le genre humain, c'est-à-dire plus encore que l'Église catholique, non pas seulement les baptisés fidèles, et les enfants prodigues, et les dissidents de la foi, Mais Léon XIII prie encore le « très doux Jésus par son Sacré Cœur, d'être aussi le Roi de tous ceux qui sont encore attachés aux antiques superstitions païennes, lui demandant qu'il lui plaise de les arracher aux ténèbres, pour les conduire à la lumière et au royaume de Dieu ».

Et voilà que derrière le Pape, s'avance l'Église idéale : « Un seul troupeau sous un seul pasteur. » Les cinq parties du monde dans une belle unité : Europe, aux bras levés pour une prière, suivie d'enfants qui portent de lourdes gerbes et des grappes mûries. L'Asie vient ensuite, avec des yeux bridés, et semble perdue dans son rêve. L'Afrique est noire à souhait ; sa pauvre robe bleue a des franges effilochées d'or ; c'est la misère dorée ; des négrillons la suivent. Profil de médaille, coiffure de plumes, une Peau-Rouge incarne l'Amérique, celle de Chateaubriand et de Fenimore Cooper. Enfin, l'Océanie présente des fruits aux saveurs inconnues et d'un rouge ardent, que notre soleil ne saurait faire mûrir.

...Comme au Ciel !

Au-dessus des coupoles d'or, une ligne bordée de nuages et très décorative isole le ciel de la terre. En haut, c'est le cortège des Bienheureux, ceux qui avant les apparitions de Paray, connurent déjà les tendresses du Cœur sacré, et se donnèrent sans partage à ses irrésistibles séductions. C'est en images, l'exposé historique des origines de la dévotion à travers l'Écriture et la Tradition.

Saint Pierre, précédé d'un coq éclatant, qui rappelle sans doute la triple défaillance ; mais il a sur les lèvres la triple protestation d'amour, gravée en caractères d'or. « *Domine, tu scis quia amo te !* Seigneur, vous savez que je vous aime ! »

Saint Jean, l'évangéliste de la vie divine ; l'aigle est à ses pieds. Mais, apôtre aimé, il appuya, au soir de la Cène, son front sur le Cœur sacré, il nous en a redit les battements. Il tient un calice, et il prononce : « *In finem dilexit.* Il a aimé jusqu'à la fin. »

Saint Paul, l'épée à la main, instrument de son martyre, symbole de sa parole ardente : « *Dilexit me et tradidit semetipsum pro me.* Il m'a aimé et il s'est livré lui-même pour moi. » Oui, il était bon que les apôtres fussent représentés sur cette voûte, afin d'affirmer que le dogme du Sacré Cœur plonge bien ses racines en pleine terre évangélique.

Et puis les martyrs : aux côtés de *saint Ignace*, qui voulait être « broyé par la dent des lions, pour devenir le pur froment du Christ », le fauve marche paisible. Et le saint prononce : « *Tantum Christo cruor !* »

L'agneau de *sainte Agnès* rejoint le lion de saint Ignace comme dans la prophétie messianique d'Isaïe. Mains jointes et levant son pur regard, la petite martyre répond aux pires menaces : « *Amo Christum !* J'aime le Christ ! »

Les Pères de la primitive Église ont magnifiquement commenté les passages de l'Écriture concernant l'amour de Notre-Seigneur pour nous, et ils ont insisté sur l'obligation très douce et très rigoureuse, de beaucoup aimer Celui qui, le premier, nous a tant aimés. *Saint Augustin* a sur ce sujet des pages saisissantes, qui ne seront jamais dépassées. Les plus belles lui ont été empruntées par l'Église, dans son office du Sacré Cœur. Il avait donc ici sa place marquée, le Docteur

qui montrait dans l'amour la plénitude de la fidélité : « *Ama
et fac quod vis.* »

Derrière lui, les grandes familles religieuses.

Saint Dominique et ses Frères Prêcheurs ne devaient pas rester
étrangers au mouvement qui poussait les âmes vers le Sacré
Cœur ; de très bonne heure on trouve dans leurs mystiques et
dans leurs auteurs ascétiques toutes les idées génératrices de la
dévotion naissante. Dès ses origines, le grand ordre célébra
la fête des Cinq Plaies et la fête de la Plaie du Côté. Celle-ci était
fixée au vendredi après l'octave du Saint Sacrement : c'est-à-dire
au jour où nous faisons maintenant la fête du Sacré Cœur.

Comment *saint François d'Assise*, que les mystères d'amour
de la Passion enflammaient et qu'attiraient irrésistiblement
les stigmates du Sauveur, n'aurait-il pas trouvé un charme
plus intime, plus tendre, plus profond encore, à la plaie du
Cœur sacré ? Cette blessure lui rappelait, de la manière la
plus saisissante l'extrême charité du Christ, « cet amour
qui n'est pas aimé ».

Saint Ignace de Loyola et Montmartre sont bien étroitement unis. La colline des martyrs, berceau de nos origines
chrétiennes, est aussi le berceau de l'illustre Compagnie de
Jésus. Et s'il n'y a, dans les « Exercices spirituels », aucune
mention explicite du Sacré Cœur, on peut dire cependant
qu'ils y orientent directement les âmes. La façon de présenter
Jésus qui appelle le dévouement et l'amour ; la conformité
amoureuse de vie et l'union de cœur avec Jésus ; le ressort
mis en jeu : l'amour de Jésus. Tout cela prépare le retraitant
à entrer en commerce intime avec le Sacré Cœur, dès qu'Il
lui sera découvert.

Et puis avec saint Ignace, c'est toute la Compagnie de
Jésus qui est à la gloire, dans cette voûte. Toute la Compagnie
désignée par la grande apparition de 1688, pour être la mission-

naire et l'apôtre de cette chère dévotion. Elle a travaillé avec un zèle inlassable à la faire triompher, « pour la plus grande gloire de Dieu ».

A la suite des familles religieuses, les grandes mystiques. Les Bénédictines, dont une abbaye célèbre illustra nos sommets et y entretint durant des siècles le foyer de l'adoration, sont représentées dans le bienheureux cortège par *sainte Gertrude*. Sur le Cœur de Jésus et le culte auquel il a droit, la sainte de ce XIIIe siècle, si admirablement fécond, reçut, en des visions célèbres, des lumières qui nous ont été soigneusement conservées, religieusement transmises.

C'est ensuite une dominicaine du XIVe siècle, *sainte Catherine de Sienne*. Jésus lui dira un jour : « J'ai voulu que mon Cœur fût ainsi blessé et entr'ouvert, afin de révéler aux hommes son secret, et de leur faire comprendre que mon amour est plus grand que les signes extérieurs que j'en ai donnés. Car, si mes souffrances eurent des limites, mon amour n'en a pas. »

C'est encore une dominicaine : *Rose de Lima*, première fleur de sainteté que l'Amérique ait donnée à l'Église. Elle avait bien compris l'amour réparateur, celle qui priait ainsi : « Seigneur, augmentez mes souffrances, pourvu qu'en même temps vous augmentiez votre amour dans mon cœur. » Elle eut la joie d'entendre le Sauveur lui répondre : « Rose de mon Cœur, sois mon Épouse. »

La dévotion au Sacré Cœur fleurit dans le silence des cloîtres, si favorable aux divines intimités. Les carmels de *sainte Thérèse* aideront merveilleusement à son épanouissement. Sainte Thérèse ! Plus d'un siècle avant les apparitions de Paray, elle avait exprimé dans un poème exquis, l'une des grandes vérités de la vie surnaturelle, notre demeure en Dieu, et la demeure de Dieu en nous, par l'amour, sous forme de présence réciproque dans le cœur.

La Mosaïque (côté épître).
L'Hommage de l'Église de France. (La peste de Marseille. — Le Vœu de Louis XVI. — Le Vœu National.)
L'ex-voto de la France.

L'hommage de la France.

Il occupe toute la moitié de la voûte, le côté de l'Épître.
Sous les mêmes compartiments d'or, qui les séparent et
les équilibrent, trois scènes d'histoire nationale.

Le Vœu de Marseille.

1720 ! La peste apportée d'Orient dévaste la ville. Quarante
mille victimes ont succombé. L'évêque, Mgr de Belzunce,
dont le dévouement avait suscité l'admiration de tous, consacre
solennellement son diocèse au Sacré Cœur. Il est là, corde au
cou, les mains suppliantes. La foule alors était immense. Mais
le cadre doré de la mosaïque n'a pas l'ampleur d'un « cours »
de Marseille. La place y a été parcimonieusement mesurée.
Deux pénitents aux cagoules sombres, cierge en main. Agenouillé devant deux cadavres, un garde-française soulève le
bras inanimé d'une jeune victime, et ferme pieusement les
paupières d'un homme âgé. Dans ce geste douloureux, l'artiste
a exprimé l'émotion de deux deuils. Debout, hautain et
prudent, les lèvres à l'abri du fléau, derrière son collet relevé,
un consul de la ville...

Et quand l'évêque eut fait son vœu, la peste cessa subitement.

Le Vœu du Temple.

Ce ne sont plus les Tuileries. C'est la prison, et pour que
nul n'en ignore, le geôlier est là, maussade et résigné. On peut
dire que dans cette déchéance pleine d'angoisses, le Cœur de
Jésus fut l'unique ami, et le seul consolateur, qui put franchir
les portes du cachot, pour dire aux nobles prisonniers : « *Pax*

vobis ! Nolite timere, ego sum. Soyez en paix, ne craignez rien. Je suis avec vous ! »

Le Père Hébert, eudiste, confesseur du roi, qui lui inspira la pensée du vœu, n'assiste à la scène que par une fiction d'artiste. A genoux, le roi Louis XVI prononce la formule de son vœu, entouré par le petit dauphin, Madame Royale (la future duchesse d'Angoulême), la reine Marie-Antoinette et Mme Élisabeth.

Dans une perquisition faite au Temple, les commissaires de la Révolution ne trouvèrent que deux choses : l'image du Sacré Cœur et un manuscrit de quatre pages, qui commençait par ces mots :

« Acte de consécration de la France au Sacré Cœur de Jésus. »

C'était le vœu du Temple !...

Le Vœu National.

Arrive le coup terrible et imprévu de la guerre de 1870. Chaque jour ajoute son désastre à celui de la veille. Les belles armées de France sont vaincues, dispersées. Notre sol est profané par l'ennemi. Il y a cependant l'éclair de Loigny, de Patay, une page de foi, de sacrifice et d'héroïsme, la bannière du Sacré-Cœur, aux mains des zouaves pontificaux, arrêtant un moment l'Allemand et sauvant l'honneur national.

Et voilà, superbes d'allure sur le panneau de mosaïque, découpé par les pilastres d'or, le général de Charette levant sa bannière, le général de Sonis saluant de l'épée.

N'est-ce pas l'heure de recourir à Celui dont la miséricorde ne demande qu'à pardonner, et dont la puissance peut toutes les résurrections ? Deux laïques d'une foi ardente : MM. Legentil et Rohault de Fleury, l'ont pensé. Réfugiés à Poitiers, ils concluent à la nécessité d'une œuvre de pénitence et de supplication, pour obtenir le salut de la France et le triomphe de l'Église : un vœu analogue à celui des Lyonnais, décidant de reconstruire le sanctuaire de Fourvières ; avec cette double différence que l'ex-voto promis serait dédié au Sacré Cœur, et qu'il lui serait offert par la France tout entière. Sur la mosaïque on voit ces deux initiateurs fervents : M. Legentil, à genoux, prononce le vœu ; M. Rohault de Fleury s'y associe, debout, prêt à l'action.

Obtiendrait-on, pour cette église, que l'on souhaitait nationale, la participation des pouvoirs officiels ? C'était alors l'Assemblée nationale. Elle seule pouvait permettre les expropriations nécessaires à l'acquisition des terrains. Et c'est ainsi que, naturellement, par la seule marche de la procédure, la question fut portée devant les représentants de la France.

Il fallait une loi. M. Keller, rapporteur de la Commission nommée à cet effet, présenta son projet, dans lequel, après avoir rappelé le sens très élevé de l'œuvre, il sollicitait en sa faveur le vote de l'Assemblée.

La discussion publique aboutit à la loi du 24 juillet 1873, votée par 382 députés contre 138. Tout proche des initiateurs du Vœu national, on aperçoit, sur la mosaïque, M. Keller, ceint de l'écharpe tricolore, et tenant à la main le projet de loi aux minuscules, aux invisibles caractères d'or : « Est déclarée d'utilité publique la construction d'une église sur la colline de Montmartre... »

Alors, on put commencer les travaux ; creuser le sol pour y placer profondément les assises de l'édifice géant. Il y eut des épreuves, des luttes, des contradictions, des deuils. Mais, peu à peu, pierre à pierre, l'église nationale s'élevait. Aussitôt qu'on y put dresser un autel, la prière et l'adoration ne cessèrent plus. Après la crypte, les murailles, les piliers, le dôme, les clochetons, le campanile. Tout est prêt pour la consécration. La date en est fixée au 17 octobre 1914. On l'envisageait comme celle d'une des cérémonies religieuses les plus impressionnantes des temps modernes...

« L'homme propose... »

La Basilique avait été commencée au lendemain de nos revers ; on plaçait sa dernière pierre, le 2 août 1914. Le même jour, l'Allemagne nous déclarait la guerre. Singulier hasard, pour ceux qui ne croient pas à la Providence ; mais les fidèles de Montmartre y virent une permission divine. La consécration retardée se ferait dans un jour de triomphe. Leur foi encore avait raison.

Et lorsque la France offrait au Sacré Cœur de Jésus l'église du Vœu national, ce n'était plus une France amoindrie et mutilée, privée dans l'Alsace et la Lorraine « d'un morceau de sa chair et d'une étincelle de son âme », mais une France qui avait retrouvé l'intégrité de ses anciennes et nécessaires frontières, et qui avait substitué au traité de Francfort, le traité de Versailles.

Oui. La confiance avait raison, et le Sacré Cœur qui l'inspirait se plut à l'exaucer.

Il a fallu compléter, sur la frise de la mosaïque qui entoure le chœur, la formule dédicatoire : « *Sacratissimo Cordi Jesu, Gallia pœnitens et devota* ». Cela ne suffisait plus. La victoire dans son vol magnifique nous avait portés trop haut. On ajouta l'expression de la reconnaissance à la pénitence et à la consécration... « *Et grata.* »

Sur cette voûte qui a vibré au chant du « *Te Deum* » de l'Armistice et de la Paix, ils étaient bien à leur place les quatre cardinaux, archevêques de Paris. Le cardinal Guibert avait posé la première pierre ; le cardinal Richard avait couronné le dôme, en y plaçant la croix ; le cardinal Amette avait présidé aux cérémonies inoubliables de la consécration. Héritier de ces trois pontifes, le cardinal Dubois, en prenant la charge de l'église de Paris, fit de Montmartre l'objet de ses constantes sollicitudes ; c'est lui qui a béni solennellement la mosaïque le jour de la fête du Sacré Cœur.

Nos Litanies Nationales.

Mais la France peut offrir mieux encore qu'un monument de pierres solides et précieuses. Elle fait hommage au Sacré Cœur de « ces pierres vivantes et choisies, *vivis et electis lapidibus* », dont est construite l'Église éternelle.

Dominant les pages historiques, c'est la procession des saints de France, nos chères litanies nationales. En tête de ce défilé, les amis privilégiés de Jésus : *saint Lazare, sainte Marie-Madeleine, sainte Marthe.* Et l'on se rappelle avec émotion toutes les scènes de l'Évangile, qui servent de commentaire à ce simple verset de saint Jean : « Jésus aimait Marthe et sa sœur Marie et Lazare. »

Lazare, que le Sauveur réveillait du sommeil de la tombe ; Marie-Madeleine, à qui « il a été beaucoup pardonné, parce qu'elle a beaucoup aimé » ; Marthe, l'hôtesse empressée du Maître, qui s'affairait à l'excès pour le mieux servir. Ces amitiés de son choix, Jésus dans sa prédilection voulut les donner à la France. Tous trois abordent la côte de Provence sur la barque sans voiles. Madeleine porte encore le vase de parfum précieux, symbole de son amour délicat et généreux. Marthe tient sereinement la tarasque enchaînée.

Et puis nos pères dans la foi. *Saint Denis,* l'apôtre de Montmartre, qui a donné, dans la pourpre de son sacrifice, la preuve d'un amour plus fort que la mort.

Saint Martin, l'évêque des Gaules, dont les rois de France portaient la chape dans les batailles, et dont la fête coïncida pour nous avec l'allégresse inouïe de l'armistice. Les yeux sont levés vers le globe de feu, ardent comme l'amour qui remplissait son cœur pour le Christ-Roi : « *Totis visceribus diligebat Christum Regem.* »

Tenant le blason de notre capitale, *sainte Geneviève*, la vierge consacrée au Christ, « *Virgo devota Christo* », qui délivra Lutèce des Huns d'Attila et qui demeure la patronne de Paris.

Que nous aimons à reconnaître sur cette voûte, *saint Bernard*, qui fut l'âme de son siècle ! Le grand thaumaturge, l'apôtre des Croisades, a écrit de si délicieuses, de si brûlantes pages sur le Cœur du Maître ! Et Montmartre l'a vu aux côtés du pape Eugène III pour la consécration de l'abbaye bénédictine, qui illustra si longtemps nos sommets sanctifiés.

Saint Louis, le roi-chevalier, porte respectueusement la couronne d'épines. Et c'est l'incarnation de tout ce moyen-âge, si saintement passionné pour le tombeau du Christ, si vraiment transfiguré par son amour.

Mais voici *saint François de Sales !* Il était venu jadis à Montmartre « respirer l'air du paradis » sur la terre des grandes inspirations. C'est encore là qu'il revient pour recommander à Dieu l'ordre naissant de la Visitation, cette tige sur laquelle s'épanouira cette fleur : Marguerite-Marie. Le saint évêque de Genève tient le blason, où se détache le Cœur sacré, les armoiries qu'il donna aux religieuses de la Visitation, si bien appelées par lui : « les filles du Cœur de Jésus ».

Saint Vincent de Paul gravit souvent nos sentiers. Il venait s'y recueillir avant d'entreprendre ses œuvres de charité, avant de fonder ses familles religieuses. On comprend que les Lazaristes aient une prédilection marquée pour la montagne où leur père fut à la fois apôtre et pèlerin. C'est ce qui explique aussi pourquoi on ne peut guère pénétrer dans le sanctuaire de Montmartre sans y apercevoir la cornette si justement populaire des Sœurs de Charité.

Presque perdue dans la procession céleste, heureuse de son humilité, voici *Marguerite-Marie*, la confidente, l'évangéliste et l'apôtre du Cœur sacré. Mais si étroitement mesurée que soit sa place dans le cortège, personne ne se fait illusion. Mieux que quiconque, c'est elle qui nous a révélé « ce Cœur qui a tant aimé les hommes ».

Le bienheureux Jean Eudes doit avoir lui aussi sa large part de notre reconnaissance, lui qui venait se reposer de ses travaux apostoliques, en inspirant aux Bénédictines la chère dévotion. Et c'est tout proche de la Basilique, dans cette chapelle d'abbaye, devenue l'église Saint-Pierre, que fut chanté grâce à lui, et pour la première fois, l'office du Sacré Cœur.

Enfin, à genoux, la *bienheureuse Sophie Barat*, fondatrice de l'Institut des Dames du Sacré-Cœur et qui a tant fait au XIXe siècle pour le règne de ce Cœur sacré.

*
* *

Il fallait décorer l'espace considérable qui restait. Le programme y avait magnifiquement pourvu. Sur cette voûte au fond bleu parsemé d'étoiles se détache la représentation à mi-corps du Père Éternel, qui part du grand arc, au sommet de la voûte, comme s'il descendait du Ciel. Il contemple le Sacré Cœur de Jésus, dont le sépare le Saint-Esprit, sous la forme d'une colombe ; la Trinité sainte forme ainsi l'axe central, autour duquel se développent toutes les scènes de la mosaïque. Chaque personnage y est entouré d'une gloire, bordée par un léger nuage ondé, de l'effet le plus décoratif, inspirée par l'école de Saint-Savin et les églises de la Vienne.

*
* *

Et toutes ces scènes, tous ces personnages, ont pour cadre avancé, l'arc triomphal, le grand arc placé en avant de l'abside. D'admirables médaillons y représentent des symboles bibliques : les colombes penchées sur la coupe, les pains de proposition, l'arche d'alliance, les cerfs s'abreuvant aux sources mystiques. Tandis qu'au centre, le monogramme du Christ d'où partent, reliant chaque médaillon, des gerbes d'épis, des grappes de raisins, unit ainsi les figures du passé à la réalité présente que l'on adore dans l'Eucharistie, le sacrement d'amour, le testament, le mémorial du Cœur Sacré de Jésus.

Une belle image, un grand dogme.

Oui, cette impression se dégage de la mosaïque qui vient de parer nos murailles consacrées. Elle réjouira les milliers de donateurs, qui ont rêvé d'embellir Montmartre : « Seigneur ! j'ai aimé la beauté de votre maison et le séjour de votre gloire ! » Mais notre regard de chrétiens ne cherche pas seulement sur cette voûte immense de riches colorations et des harmonies qui l'amusent.

Plus encore qu'éclatante, cette mosaïque sera expressive. Ce que les yeux y voient, c'est le grand dogme qui résume toute la religion : Le dogme de l'Amour divin : « Dieu est charité ! ».

Cœur sacré de Jésus ! Moins brillants que les cortèges éblouissants de la voûte, d'incessants pèlerinages viendront chaque jour, dans votre sanctuaire national, pour élargir, pour amplifier l'hommage de la France pénitente, consacrée, reconnaissante.

Chaque jour, d'innombrables fidèles écoutant l'appel de

vos bras, largement ouverts, vous demanderont de façonner leurs cœurs à l'image du vôtre, humbles et doux, chastes et forts, tendres et dévoués, délicats et généreux. Ils vous supplieront d'allumer en eux le feu sacré, ô vous qui êtes « la fournaise ardente de charité » ; de les soutenir dans leurs tristesses et dans leurs épreuves, ô vous qui êtes « la source de toute consolation » ; de leur pardonner leurs chutes incessantes et lamentables, ô vous qui êtes « patient et très miséricordieux » ; de les faire monter très haut dans l'ascension de la vie parfaite, ô vous qui êtes « l'abîme de toutes les vertus et la source de toute sainteté » ; de les secourir dans le suprême passage de l'éternité, ô vous qui êtes « l'espoir de ceux qui meurent dans votre amour ».

Et s'il en est, ô Jésus ! qui passent dans votre Temple, insouciants du Maître qui l'habite, indifférents à votre image et à votre présence réelle dans l'Eucharistie, que votre regard les voie et en aie pitié, que votre Cœur les éclaire, les ramène et les sauve !

Table des Matières

884-23. — Imprimerie des Orphelins-Apprentis d'Auteuil, 40, rue La Fontaine, Paris.